ハヤカワ文庫 JA
〈JA1480〉

# 大日本帝国の銀河 2

林　譲治

JN092336

早 川 書 房

*8655*

目次

# 大日本帝国の銀河2

登場人物

秋津俊雄……………………………京都帝国大学教授
武園義徳海軍中佐…………………海軍軍令部第四部特務班
福永修二海軍大尉…………………同。武園の部下
谷恵吉郎海軍造兵中佐……………海軍技術研究所所属
石渡荘太郎…………………………内閣書記官長
猪狩周一……………………………元禄通商社員
平出清海軍中佐……………………イタリア駐在武官
桑原茂一海軍少佐…………………フランス駐在武官
古田岳史陸軍中佐…………………陸軍省軍務局軍事課
入江信夫陸軍少佐…………………関東軍参謀部
岩畔豪雄陸軍大佐…………………陸軍省軍務局軍事課長
東郷茂徳……………………………在ソ連日本大使館、特命全権大使
熊谷亮一……………………………外務省職員
ヴィルヘルム・カナリス海軍大将……ドイツ国防軍情報部部長
ヴィクトル・アンバルツミャン………ソ連、プルコヴォ天文台の学者
オリオン太郎………………………?????
オリオン花子………………………?????

# プロローグ

## 一九四〇年八月五日・レニングラード近郊

レニングラードから南へ一九キロの森に囲まれた丘の上に、プルコヴォ天文台はあった。

天文台とはいうものの、その建物は帝政ロシアの面影を残す豪奢な宮殿のようであった。

それでもやはりここは天文台であり、建設された一九世紀には、世界最大規模の屈折望遠鏡を誇っていた。

そしていま西ヨーロッパの戦争は、ドイツとは不可侵条約を結んでいるソ連社会にも影を落としていた。

ドイツとの戦争の可能性が遠のいたと判断したためか、スターリンは国内体制の引き締めに今も邁進していた。いわゆる赤軍の大粛清は、一九三七年のミハイル・トハチェフスキー元帥の失脚以降は大きな動きはなかった。

しかし、それは標的となる大物がすでに残っていないことと、組織管理者である党員の粛清が大規模すぎたために、国家機関の運営に支障をきたしてきたからに過ぎない。

これは、秘密警察の長官であるニコライ・エジョフがスターリンにより「過剰な粛清」を批判され、自分が逮捕されるという悲喜劇を招いたほどだ。

そして粛清の嵐は、赤軍だけを狙ったものではなかった。科学者のような高等教育を受けたインテリゲンチャは、潜在的反逆者との色眼鏡で見られ、国の役に立たない人間は「サボタージュを犯した」として告発される危険と隣り合わせであった。

特に天文学の分野では、粛清されたり外国に亡命する者も多かった。ただ天象・気象は軍事作戦を行うにあたって重要な知識であり、天文学者たちは、そうした環境の中で、細々と研究を続けてゆくよりなかった。

もちろんやり方はある。画期的な発見や理論を組み立て、世界トップレベルの研究を誇示する。それによりソビエト連邦という体制の優越性を示すのである。

粛清の時代である。科学者たちは、人類としての知的好奇心の充足と市民としての生き残り戦術のバランスをとりながら研究を続けていた。

しかし、宇宙は人間の都合など、まるで斟酌《しんしゃく》しなかった。

「ヴィーカ、この報告書は冗談か何かかね？」

プルコヴァ天文台長のアレキサンドル・ドイチェは、若き研究者が提出した報告書を自身の机の上に置いた。ヴィーカと呼ばれた三〇代の若き学者、ヴィクトル・アンバルツミャンは、自分より八つ年上の天文台長が報告書を机に叩きつけなかったことに安堵した。

この天文台長の部屋には、二人しかいない。ヴィクトルは指定された時間に呼び出されたのである。粛清が珍しくない昨今、上の者に呼びつけられて緊張しないものはいない。

「突然呼び出され、そのままルビヤンカに送られた研究者がいたらしい」そんな真偽不明の噂は、今でも耳にすることがある。

ただ現在の天文台長であるサーシャ、つまりアレキサンドルは科学的正確さには厳格な男だ。ソ連邦における研究機関の長という立場がそうさせるのか、それとも彼自身の性向なのか、彼は仕事に厳しい。いい加減な論文や報告書なら、暖炉の焚き付けにされてしまう。紙資源を無駄にしないためと、不完全な書類は存在してはならないためとサーシャは言って憚《はばか》らない。

だから「冗談か？」と言われても、報告書が焚き付けにされないのは良い兆《きざ》しだ。ヴィクトルはそう判断した。

「国有財産を浪費して冗談を言うつもりはありません。写真乾板の不可解な輝線は決して我が天文台の観測施設の不備が原因ではありません」

「望遠鏡にも写真乾板にも問題がない。それでも不可解なものが写り込むのは、その不可解な天体が存在するからだ、君はあくまでもそう主張するのか？」

「消去法で考えるなら、それ以外の結論はありません」

ヴィクトルは、あくまでも冷静にそう答える。

「はっ、消去法か！」

サーシャは椅子から立ち上がると、ヴィクトルに背中をむけ、天文台長室の窓から外を見る。天文台近辺こそ開けているが、施設の周囲は森である。サーシャはこの森を眺めながら、考えをまとめることがよくあった。

もっとも彼が考えているのは、純粋に天文学のことだけではないのもヴィクトルは知っている。

国際関係が緊張し、ヨーロッパの戦争にソ連が巻き込まれる可能性は常にある。独ソ不可侵条約が存在する中で、ドイツが西ヨーロッパを席巻しかねない状況では、戦争は遠のいているように見える。だがそれはあくまでも表面的なもの。

独ソ不可侵条約の中で、勢力圏設定協定というものがあった。しかし、ドイツ軍の侵攻拡大に伴い、協定違反と思われる事例が見られていた。フィンランド然《しか》り、ルーマニア然り、さらにバルカン半島然りである。

ドイツはそれらの占領地は自分たちの力で手に入れたものと主張する。対するソ連は、ドイツの活躍は側背《そくはい》の安全を確保した独ソ不可侵条約の存在あればこそだと反論する。

独ソの交渉は始まっていると新聞には書いてある。しかし、勢力圏問題が戦争に繋がる危険は常にある。

こうした先が読めない時代にプルコヴォ天文台を、否、ソ連の天文学をどう守ってゆくのか、サーシャは天文の力学よりも、政治力学に頭を使うことを強いられている。

そうした状況の中に、ヴィクトルは厄介な観測結果を報告した。それは天文学者であれば、誰もが興奮するものである一方で、組織の長にとっては、扱いが難しい内容だ。ヴィクトル自身もそうしたサーシャの難しい立場は理解した上でもなお、科学者としてこの観測結果は無視できなかった。

それにこの現象に最初に気がついたのが、仮に自分たちだったとしても、天文台など世界中にある。来月になれば、海外の天文台が自分たちの発見したものを論文にしてしまうだろう。

「ヴィーカ、君の計算に間違いはない。それは私も認めよう」

サーシャは相変わらずヴィクトルに背中を向けたままだ。

「だが、君は報告書にあるようなことが、可能であると考えるのかね？　そう、人工衛星なるものが」

話は一〇日ほど遡《さかのぼ》る。ヴィクトルは天体写真の写真乾板に、空を南北に横切るように輝線が走ることがあるのに気がついた。

同僚たちは、その輝線に対して「流れ星が写ったんだよ」と、ほとんど関心を示さない。粛清のために天文台職員は激減した。逮捕された人間は少ないが、亡命したり、科学者から工員へと転職したものさえいる。

数少ない職員は、自分の研究ノルマをこなすだけで精一杯だったのだ。他人の発見に関心を示す余裕はない。

だがヴィクトルの研究者としての勘が働いた。流れ星にしては輝線が長すぎる。それは流れ星のように一瞬ではなく、数分単位で存在していたことを意味している。

さらに同じような輝線は、なぜか同じ時間に写真乾板に撮影された。つまりこの現象には周期性がある。

彼がこの時考えたのは、小惑星が地球の引力に捉えられ、「第二の月」のような衛星となった可能性だった。

写真乾板の撮影時間と露出時間は分かっている。輝線を捉えた写真乾板も複数あることから、第二の月の軌道解析はさほど困難ではなかった。

問題なのはその軌道であった。小惑星が地球の重力に捕まったというようなものではなく、ほぼ真円を描く、人工的な軌道だったのだ。

「問題の衛星は計算によれば、地上から七九八キロの高度を周期九八分で周回します。軌道傾斜角は九八・六度であり……」

「それが、君がこの天体を人工物であるという根拠なのだな」

説明途中のヴィクトルをサーシャが遮《さえぎ》る。そう最大の問題はそこだ。単におかしな軌道の天体なら、誰も問題にはしない。だが、それが人工的となれば、「誰が打ち上げたのか？」という問題が生じる。人工衛星を打ち上げられる技術は、この戦争の時代には無視できない軍事技術だ。

したがってこの問題は扱いを間違えれば、厄介な政治問題になりかねない。

「はい、まさにそれが人工衛星であるという証拠です」

ヴィクトルは説明を続ける。この天体が人工衛星であったならばこそ、真実から目を背けるという選択肢はない。それが彼の結論だ。

「果たして、本当に、人工衛星だろうか？」

サーシャはやっとヴィクトルと向き合う。彼なりに反論を思いついたのだろう。

「軌道傾斜角が九八・六度とは、つまりこの天体は地球を縦方向に回っている。しかし、物理的に考えるなら、人工衛星を打ち上げようとする何者かなら、地球の自転を利用し、縦ではなく、横方向、つまり自転方向に打ち上げるはずだ。

つまり人工衛星であるなら、軌道傾斜角は一〇度とか二〇度くらいの浅い角度であるはずなのだ。

ほぼ垂直に近い軌道傾斜角を選択するはずがないのだよ。違うかね、ヴィーカ？」

はい、と返答すればこの場は丸く収まる。しかし、それを受け入れることはヴィクトルにはできない。世紀の大発見をなかったことになどできるはずがない。

「違います」

ヴィクトルにはサーシャのため息が聞こえた。

「この天体は、高度、傾斜角、周期、全てが計算し尽くされて設定されています。縦方向に周回する間に、地球は自転する。これによりこの天体から見れば、地球全域の姿を偵察できます。さらにこの軌道では、数日後の同じ時間の同じ場所に衛星が現れます。

つまり数日おきに同じ場所を通過することで、その地点における変化を計測できる。それは農作物の生育状況を観測することもできれば、軍団の移動を監視することも可能です。何にせよ、この衛星から隠れることは不可能です。

　この天体を人工衛星と私が判断するのは、地球全体を観測するのに理想的な軌道であるからです。この衛星軌道には、明らかに人間の意図が感じられるのです！」

「つまり、何者かがこの衛星を打ち上げたというのか、どうしても」

「私の意思の問題ではありません！　観測事実がそれを示しているのです！」

　ヴィクトルはこの件に関して一歩も引かない。これが世界を変える何かだという気がするからだ。

　サーシャは再び自分の椅子につき、ヴィクトルにも掛けるように促す。

「ソ連邦において、君らのような世代は、我々とは違うのかもしれんな」

「どういう意味ですか？」

　サーシャは声を潜める。

「ジェット推力研究所の所長で、セルゲイ・コロリョフという男がいた。液体燃料ロケットの打ち上げ実験も成功させた男だ。現在は収容所か流刑地にいるという話だ。

　そして、これはあくまでも噂に過ぎないが、収容所に送られた高級技術者たちは、内部にある秘密の研究所で新兵器研究に従事しているという。新型戦闘機とかあるいはロケットとかだ」

ヴィクトルは、それでサーシャがこの問題に神経質な理由がわかった。彼は自分が発見した人工衛星が、強制収容所の秘密研究施設から打ち上げられたものと考えているのだ。セルゲイ・コロリョフがどんな人間かは知らないが、ヴィクトルは新聞で彼らのロケット打ち上げの記事を読んだ記憶がある。それはＧＩＲＤ０９ロケットという、人間の背丈より高いくらいのロケットだった。その時の記録は高度四〇〇メートルと記事には書かれていた。

その記事を読んだのは、一九三三年ごろだった。あれから七年の歳月が過ぎている。この七年の間の技術の進歩には、確かに目覚ましいものがあり、特に航空技術分野では顕著だ。

木骨に布張りの複葉機は、全金属単葉機となり、最高速度も倍以上になった。まさに日進月歩で技術は進んでいる。

だが、高度四〇〇メートルのロケットが、七年で高度八〇〇キロ近い周回軌道まで衛星を打ち上げられるとは思えない。ソ連だけではない、ドイツにせよアメリカにせよ、そんな技術はないはずなのだ。

「本気で、収容所の人間たちがこの衛星を打ち上げたと？」

サーシャは、諭《さと》すようにヴィクトルに言う。

「重要なのは真実じゃないんだヴィーカ。社会主義体制が人類の夢であった人工衛星を実現した。科学者が生き残るためには、権力にとって耳触りのいい調べを奏でねばならんのだ。

生き残ることさえできるなら、いつか宇宙の真実を口にできる日もくるだろう」

「それを生きていると言うのですか、アレキサンドル・ドイチェ！」

サーシャは悲しげに首を振る。

「報告書に君は、こう書いている。人類が人工衛星の技術を未だ持ち得ないとすれば、この衛星は人類以外の高度な知性の持ち主が投入した可能性があるとな。

まるで狂人の戯言《たわごと》だ。ヴィーカ、こんなものを発表してしまえば、君は生涯、狂人の烙《らく》印《いん》を押されたままだろう。

そんな人生が、果たして生きていると言えるのか？」

それが、サーシャがヴィクトルに与えてくれた、最後のチャンスであることを彼は十分に理解していた。だが、ヴィクトルにはやはりそれを受け入れられなかった。

「世の中が狂っているなら、狂人になることこそ生きるということではありませんか？」

サーシャはヴィクトルの報告書を破ることも、焚き付けにすることもせず、そのまま返却した。

「個人の資格で発表する分には君は自由だ。天文台を巻き込まなければな。そうして生きてゆくがいい、愚か者としてな！」

サーシャはそう言って、部屋から出て行った。ヴィクトルだけが残った。

# 1章　天の目

昭和一五年八月二〇日、天文学者で空想科学小説作家でもある秋津《あきつ》俊雄《としお》は、潮岬《うしお》に建設中の電波天文台を何とか稼働させることに成功していた。

二つある直径六メートルのパラボラアンテナや、花畑のように林立する八木・宇田アンテナ群は、二週間以上前に完成していた。ただ機器の調整や性能の確認に時間を取られたのである。

電波天文台は潮岬の絶壁の近くに作られていた。崖の向こうは太平洋で、その先はアメリカ大陸まで続いている。

「通過、五分前！」

海軍陸戦隊の下士官が、メガホンを持って周囲に怒鳴る。するとアンテナの方位の調整作業にあたっていた陸戦隊員らが、一斉にアンテナの周辺から退避し、近くにあるプレハブ小屋に入って行く。

秋津が待機しているのは、その近くにあるコンクリート製の小さな平屋の家屋だ。外を見るためのスリット窓があり、施設見学をした武園義徳《たけぞのよしのり》中佐が「まるでトーチカだな」と言ったのもうなずける。

トーチカのような部屋にしているのは、内部の電子機器が電気的な干渉を外にあるアンテナに及ぼさないためだ。近くにある真空管回路からの電気的なノイズが干渉してしまうほど、天体からの電波は弱いのだ。ただし、秋津が観測しようとしているのは、また別のものだ。

二〇畳ほどの室内には、オシロスコープが幾つも並んでおり、アンテナが受信した電波信号を再現している。それらの波形を見ながら、助手の細川武志《ほそかわたけし》や天文学科から応援に来ている学生たちが、近くにある機械のダイアルを調整していた。

そうした喧騒を離れた場所から、椅子に座った武園が眺めている。

「あと三分ほどか？」

「ヴィクトルからのテレックスが正しければな」

メインとなるオシロスコープを覗きながら、秋津は武園の方を振り向きもせずに答える。

秋津の座っている席の正面には大きな電気時計が用意されていた。

「この時計、合ってるのか？」

武園が自分の腕時計と電気時計を見比べる。

「今朝、ここの緯度経度と日の出のタイミングで確認した。これでも天文学者だからな」

しかし、オシロスコープに反応があったのは、予定時間より少し早かった。口を開きかける武園に、秋津は言う。

「電波を受信しているんだ、衛星が直上《ちょくじょう》に来なくても傍受はできる」

そうしている間に、外で監視している細川が叫ぶ。

「見えました！」

細川は特殊な架台に設置された望遠鏡を覗き込んでいた。人工衛星の予測軌道に合わせて、その軌道だけを観測できるように、角度を制限した望遠鏡だ。

秋津が外に出ると、細川は接眼鏡を彼に譲る。

「間違いないな」

計算では衛星は毎秒七・五キロ弱の速度で移動していた。望遠鏡の中では、光る点がそれくらいの速度で天を南北に横切って行く。昼間でもその輝点は望遠鏡なら観測できた。

秋津も人工衛星の理論は知っているが、現実にそれが空を横切るのを目の当《ま》たりにすると、これが現実であることが信じられなかった。人工衛星を打ち上げる技術など、世界のどこにもない。

以前の自分なら、この天体を人工衛星などとは考えず、珍しい自然現象と解釈しただろう。だがオリオン太郎の存在を知っている今となっては、逆に自然現象とは思えない。これもまたオリオン太郎たちが打ち上げた人工衛星だろう。

秋津が気になるのは、オリオン太郎がこの衛星の存在や打ち上げについて、一言も語っていなかったことだ。

衛星を確認すると、再び秋津は自分の持ち場に戻り、オシロスコープの波形を確認する。

「やはり電波が照射されているか……」

オシロスコープは波長帯ごとに受信した電波を表示するようになっていた。それにより衛星がどの波長帯の電波だけを出しているかを分析するためだ。

沈黙しているオシロスコープは、その波長帯の電波が出ていないことを意味するが、他のオシロスコープは棘《とげ》のような波形が櫛《くし》の歯のように画面の中を走っている。

「これはどういうことなんだ？」

秋津の電波天文台が人工衛星から何かを受信していることは武園にもわかったようだが、具体的に意味することはわからないらしい。ただ彼は、秋津から「人工衛星から世界を偵察できる」という話を聞かされていた。それが事実なら軍事的にも大事件だ。

それだけに武園が、作業中にもかかわらず秋津を捕まえて説明させようとしたのは、わからないではなかった。

「この人工衛星は、電波で地上を偵察しているということだ、簡単に言えばな」

その説明は武園をますます混乱させたようだった。彼は摑みかからんばかりに秋津に問い返す。

「偵察というなら、こちらの電波を傍受するはずじゃないか。偵察する側が、どうして電波を発するんだ！」

秋津は忙しかったが、武園の性格もわかっている。満足する説明をしておくのが一番時間の節約になるのだ。

「まず、地球全体を偵察するのに好都合な軌道だと武園には説明したが、一つ問題がある。それは高度が八〇〇キロ近いという点だ。八〇〇キロ先の相手を偵察するにはどれだけ巨大な望遠鏡が必要だと思う？

そうなると偵察に用いることができるのは何かってことだ？　それは電波探信儀（レーダーの和名）だ」

「電波探信儀って言うと、軍艦に載せようと言われている電探のことか？　海上で敵艦や敵機の存在を知るための道具を人工衛星に載せて何がわかる？　軍艦の配備をスパイしようとでもいうのか？」

秋津は引き出しから二枚の紙を取り出す。自分の考えが正しかった場合に、それを説明するために用意していたものだ。自分も所属する情報分析組織である時局研究会のメンバーにも説明する必要があると考えたからだ。メンバーで科学者は秋津一人ではなかったが、天文学者は彼だけらしかった。

「写真と鉛筆か？」

武園はいきなり取り出された二枚の紙に眉を顰《ひそ》めた。それぞれ横須賀周辺らしい航空写真とそれを模写したらしい絵の二枚である。ただ写真の方は一部が雲で覆われていたが、模写の方には雲は描かれていない。

「何なんだこれは？」

武園の不審そうな態度は変わらない。

「電波で偵察する意味だ。これがどこかわかるか？」

そんな秋津に対して、武園は喧嘩腰で答える。秋津に対してというより、状況が把握できないことに苛立《いらだ》っているのだろう。

「これは横須賀の写真だろう。軍港も写ってる。どこで手に入れた！　軍機ものだぞ！」

「僕も時局研究会のメンバーなんだがね。それよりこの絵はどうだ？」

「これも横須賀だ、写真と同じだからわかる」

「いいか、武園。この鉛筆描きの絵は、よく見ればわかるが、実は小さな点の濃淡でできている。細川くんに頼んだのだが、よくできているだろう。

それで写真は、面積にして三〇パーセントほどが雲に覆われてわからない。航空写真だから、雲の下はわからん。

だが、電波ならどうか。電波なら雲を透過し、地面で反射する。つまり地上や海上の様子を観測するのに天候の影響を受けない」

秋津の話に、武園はもう一度、鉛筆描きの絵を凝視する。

「つまり衛星に搭載した電探は、昼夜の別なく地上を監視できるのか？」

「地上だけでなく、海洋もだ。

もちろん海軍兵学校で教えているかどうか知らないが、光の方が波長が短いから電波よりも分解能は高い。

しかし、八〇〇キロも離れていれば、よほど口径が大きなカメラでも使わない限り、写真の分解能は悪い。

対して、今観測している電波は一〇センチから数センチの波長しかない。理論的には高度八〇〇キロから数センチレベルの分解能が期待できる。

それだけの分解能があれば、商船と軍艦の識別はもちろん、戦艦と駆逐艦の違いもわかる」

武園は二枚の紙を机の上に、力なく置いた。

「この人工衛星がオリオン太郎の仲間のものなら、奴らは世界の軍事情勢を完全に把握しているということなのか？」

「だけじゃない。この分解能なら、木の葉くらいは識別可能だ。だから地球全体の農作物の出来不出来さえ読み取れる。どこの国が豊作で、どこの国が飢えるのか、それさえもわかる」

武園は秋津の説明を理解すると、目に見えて顔色が青ざめる。

「もしも、お前の言う通りなら、オリオン太郎たちに対して奇襲攻撃など成立しない。部隊を動員した段階で、奴らはそれを把握できる。

戦力で奴らが劣勢だとしても、情報を完全に把握できるなら、圧倒的に有利だ。自分たちより劣勢の敵は攻撃し、優勢な敵なら避ける。負けることはない。わかるか、帝国海軍の全戦力を以《もっ》てしても勝てないかもしれんのだ！」

しかし秋津は、武園の解釈がまったく別の可能性を示していることに気がついた。

「オリオン太郎がこの衛星を動かしているとして、その軍事的な意味が武園の言う通りなら、彼らは地球から戦争を根絶できるんじゃないか？」

「はぁ？」

武園は秋津が何を言っているのか、まったく理解できないようだった。

「どうして戦争が根絶できる？　オリオン太郎たちが世界を武力で蹂躙《じゅうりん》するとでもいうのか？」

「そうじゃない。オリオン太郎たちが衛星で入手した世界の情報を一方的に流したら、どこの国の軍隊も奇襲も何もできないだろ。どこにどんな部隊がいるのか、味方にも敵にも、第三国にさえわかる。

今の状況ならドイツ軍の動向が世界中にわかってしまう。ドイツは大国だが、世界最大の兵力を有するわけじゃない。ドイツ軍のどこが弱点か、イギリスやソ連にもわかるじゃないか。だからドイツ軍も迂闊《うかつ》に動けない。

同じことは他国にも言える。国境線の防衛だけならともかく、国境を越えての武力侵攻は、衛星情報により前進を阻《はば》まれるか、前進できたとしても損害は甚大なものになる。

僕は軍人ではないが、世界中で奇襲が不可能になるとしたら、それだけで軍隊は動かせなくなるんじゃないか」

「お前は、あんな衛星一つのために、軍人が無用の長物になると言いたいのか！」

武園は秋津の襟首を摑んだが、すぐに我に返ると手を離した。

「すまん、自分としたことが」

「いや、いいけど」

秋津は襟首を摑まれた息苦しさよりも、武園がいきなり暴力を振るってきたことにショックを覚えた。それだけ戦争根絶の可能性が衝撃的だったのか？

しかし、それに対しては秋津も正直なところ意外な感じを受けていた。自分は軍事には素人なのだ。その思いつきに対して、職業軍人としての知識と見識で何らかの修正を言って欲しかったのだ。だがどうやら秋津の素人考えは、武園をひどく刺激する結果に終わったらしい。

それでも武園は、やっと冷静さを取り戻したのか、秋津の仮説に対する反論を口にする。

「オリオン太郎たちが衛星の情報を世界全体に流すとする。この場合、確かに秋津が言うように、大規模な部隊の移動や動員は困難になるだろう。

外交交渉の道具として大部隊に動員をかけることは可能としても、部隊が丸裸にされるのでは、結局それは使えないことになる。

ただ、一個師団以上を動かせば問題となるとしても、一個小隊や一個中隊規模の移動までは対処できまい。規模が小さすぎるからな。

自分の計算が正しいなら、衛星が地球を一周するのには時間がかかる。上空に衛星がいない間に必要な機動が可能なら、制約は多いが奇襲は成立しうるはずだ。機械化された分《ぶん》進合撃《しんごうげき》により、電撃的に部隊を前進させるようにな。

例えば一個師団の一万人が一度に動けば目立つが、一〇人ごとの兵士が一〇〇〇両の自動車で分散して前進しておいて、時間になったら一斉に集結するようなやり方だ」

武園は自分の今の思いつきが、かなり正鵠《せいこく》を射ていると感じたらしい。先ほどよりも落ち着きを取り戻してきた。だが、何かに気づいたかのように、再び表情が険しくなる。

「秋津よ、お前はオリオン太郎たちがこの衛星の情報を世界に公開すれば戦争ができなくなると言ったな。

だが、それは世界がオリオン太郎の衛星情報に依存することでもある。

例えばいまドイツとソ連の間で戦争はない。だが、どちらかの陣営にだけ敵対する側の戦力配置を教えたならば、戦端が開く可能性は逆に急増する。自分たちが仮想敵より圧倒的に有利になるのだからな」

その見解は、さすがに秋津には思い付かない視点であった。

「つまりオリオン太郎たちは、この衛星の情報を使うことで、戦争の抑止もできれば、対立する国々に戦争を起こすことも可能ということか？」

「まぁ、戦争抑止はともかく、開戦というのはそれほど単純じゃない。軍事的に優勢に見えるからというだけで、戦端を開く国はない。開戦は軍部と政治の関係で決まるからな。それでも自分たちが絶対的に優勢という情報は、軍部の強硬派を勢いづかせるきっかけにはなる」

人工衛星が通過すると、オシロスコープの表示はすべて平坦な輝線を描くだけになった。電波はもう出ていない。

「収集した観測結果の分析も必要だが、どうやらオリオン太郎に確認しなければならないようだ。彼は人工衛星について何一つ言っていなかったからな。

オリオン屋敷では相変わらずなのか？」

秋津は武園に尋ねる。オリオン太郎が要求する大使館問題は今も結論が出ていない。オリオン太郎は承認であれ拒絶であれ、政府の返答が届かない限りは誰とも会わないと言っていた。

それは唯一の交渉人として指名されている秋津とも会見しないということで、彼が和歌山県串本の電波天文台に一時的にでも戻ってこられたのはそのためもある。

「相変わらずだ。オリオン太郎もどうやってるのか知らないが、仲間と連絡をとっているのは明らかだ。だから奴も仲間から突き上げを食らってるんじゃないか」

「大使館問題って、簡単とは僕も思わないが、ここまで難しいものか？　やはり地球外人と名乗るような相手の言い分などまともに議論されていないのか？」

　正直、秋津もオリオン集団の大使館問題については、もっと真剣に取り組んではどうかと思っていた。信じ難いのはわかるが、それでも物証はいくつもあるではないか。

「脅威となる水準の軍事技術を誇示するかと思えば、今度は金塊を提供するという。確かに態度に一貫性が感じられない。それ故に警戒心を抱くのはわかるが、返答を意味もなく長引かせるのは日本にとっても不利だろう」

　秋津の意見に武園は無念そうな表情を見せた。それは秋津には意外だった。

「オリオン太郎への警戒心じゃない。日本人同士が疑心暗鬼になっている。遅れの理由はそこだ」

　武園によれば問題は、政府が決定すればいいというような単純な話ではないらしい。まず陸軍側がオリオン太郎の存在を知ったことで、陸海軍の対立と並行し、陸軍内部でも意見の相違があるという。

　これはオリオン集団の技術力だけでなく、彼らがトン単位の金塊を動かせるという事実も影響しているらしい。生産力増強に必要な英米からの資源や機材を入手する原資として、その金塊が重要であるからだ。

致命的なのは、明治憲法の下では、この問題について意思決定できる人間がいないという信じがたい事実だった。

元凶は大本営にあった。大本営は本来なら、戦争が起きてから設置される、軍令を担当する国家機関だ。だがこの機関は、軍隊の戦闘だけで戦争が完結する一九世紀以前の思想で制度設計されたため、総力戦時代にはまったく対応できない。経済や工業生産の指導や管理は、大本営の役割として想定されていないのだ。

何より致命的なのは政治と軍事の関係が分断されていることだ。なので政府が外交をしようにも、軍部が拒否すれば何の情報も入ってこないということも現実に起きていた。

それでも戦争をしない限り、この構造的欠陥が問題になることはなかった。ところが陸軍省の働きかけにより、それまでの勅令を以て定められていた「戦時大本営条例」は、昭和一二年一一月一七日に「大本営令」が制定されると同時に廃止され、日華事変でも大本営が設置できるようになった。

本来なら日華事変は戦争ではないから統帥機関である大本営を開くことはできない。それが「大本営令」により開けるようになった。アメリカやイギリスとの戦争が議論されている今の日本は、戦争より前に大本営が存在し、開戦か非戦かを軍部と政府が分断された状態で議論するという特殊な状況にあるというのだ。

日清戦争や日露戦争の頃は、元老という超法規的な存在が大本営と政府の制度的な分断を結びつけることで、政治と軍事が連動して戦争指導に臨むことができた。

しかし、昭和となるとそのような権威ある元老はいなくなり、国家機関も拡大し複雑化してきた。制度の分断を埋める超法規的存在はなく、分断されたままで国家機関は発達してきた。平時ならそれは問題にならなかったためだ。

一応、大本営政府連絡会議、いわゆる御前会議はあるのだが、それが正式名称ではなく通称でしかないことでも明らかなように、この会議には決定権がない。

会議により政府と軍部で何らかの同意が成立したとしても、その同意が陸海軍や政府で否定されたらそれまでなのだ。

オリオン太郎の要求するオリオン集団大使館問題も、まさにこの政治と軍事の断絶にはまり込んでいるという。そして意見対立を調整できる存在がいない。米内《よない》総理が大使館に前向きでも軍部の同意が必要となる。

もちろん理屈では、オリオン太郎の大使館問題を政府の管轄事項として処理できるなら、この大本営問題は回避できる。だが現実にはオリオン太郎が海軍の管理下にあるため、本件も軍令の問題として解釈されていた。

理論的には、この問題を解決できる存在として天皇がいたが、こんな問題で天皇の裁可を仰げないという点では、大本営も政府も意見の一致を見ていた。

「政府や大本営は、オリオン集団が日本を見限って、アメリカや中国に飛行機を送る可能性は考えないのか？

いいや。武園、前回のように駆逐艦とは言わないが、オリオン屋敷までの足を用意してくれ。今から彼に談判に行く」

「秋津が行ってどうなるものじゃないだろう」

武園は気乗りしない様子だった。しかし、秋津の決心は変わらない。

「この人工衛星に戦争抑止や開戦を左右する能力があるとなれば、直談判してでも話さねばならん。彼が交渉のために、この衛星を使ってからでは遅いんだぞ！　戦争には至らなくとも、武力紛争だけでも何千何万という人命が失われるんだ！」

「秋津、お前の倫理観というのはどうもわからんな。天体観測などという浮世離れしたことに熱心になって、社会のことなど何の関心も持っていないかと思えば、急に何千何万の人命とか言い出す。

いや、お前にはお前の理屈があるんだろうさ。まぁいい、そんなことは。

特急燕《つばめ》を手配する。いいか、いくら昨今の鉄道が軍事優先で、自分が海軍の人間でも燕の手配は簡単じゃないんだからな！」

　こうして秋津は再びオリオン屋敷へと赴いた。

「いない？　いないとはどういうことだ！」

　武園はオリオン屋敷に詰めていた人間たちを整列させ怒鳴り散らす。秋津がいなかったら殴りかねない剣幕だ。

　秋津と武園は何とか手配した特急燕に席を確保すると、横浜で下車して海軍の自動車でそのままオリオン屋敷に向かった。

　風呂に入るどころか、顔も満足に洗えない強行軍であったが、何とか電波天文台を出発した翌朝にはオリオン屋敷に到着することができた。

　秋津としては朝食もそこそこに、オリオン太郎と人工衛星に関する事実関係を確認するつもりであった。

　ところが秋津たちがオリオン屋敷に到着した時、オリオン太郎はいなかった。失踪していたのである。

「どうやっていなくなったのか、まるでわからないんです！」

　オリオン屋敷に常駐している人間は五人いたが、その監督役は古参の兵曹長だった。その彼が武園に説明する。

「わからないとはどういうことだ？　屋敷の出入り口は玄関しかない。敷地の背後は山、前面は海に面した崖。ここから誰にも気取《けど》られずに逃げ出すなど不可能ではないか！」

「そうなんです！　だからわからんのです。警報装置も正常でした！」

兵曹長は身振りを交えて力説する。

「警報装置なんかあるのか？」

そんな話は、秋津も初めて聞いた。

「玄関や窓に触ると、重みで回路が閉じるような仕掛けだ。それで行方不明になってから何時間が経過してる？」

「少なくとも四時間前にはいました」

「なら、この山奥だ。それほど遠くには逃げられまい」

武園はそう言いながら、自身で玄関の様子を検分する。

「お前たち、屋敷の中はくまなく捜したか？　どこかに隠れているということはないのか？」

「ないはずですが、なぜ？」

「雪駄《せった》があるじゃないか。オリオン太郎は裸足でこの屋敷から逃げたというのか？」

オリオン太郎の姿が見えないことに狼狽《ろうばい》していた兵曹長らは、武園の指摘に顔を赤らめていた。

すぐに邸内の探索が行われる。秋津と武園は、外から屋敷の様子を窺った。

周囲は音を立てるように砂利を敷いてあるので、そもそも痕跡は残りにくいのだ。

秋津はそのまま海に面した崖の方へ歩いて行った。武園がその後について行く。

一本道で秋津たちの車と遭遇せず、屋敷にもいそうにないなら、残るのは海岸しか考えられない。

秋津はそこで、あるものを発見した。かがみ込んでよく見ると、崖っぷちに轍《わだち》のような跡がある。

「やはり何か来ていたようだな」

腹這いになって轍を見る秋津に、武園も身をかがめる。

「何かがここにやってきて、オリオン太郎はそれに乗って脱出した。オリオン太郎が気取られずに屋敷からここまで移動できたら、あとはここから海に出ればいい。夜間に船が接近したなら、監視係も気がつかないだろう。あるいは裸足だったのも、音を立てないためかもしれないな」

「猪狩《いかり》が目撃した高性能潜水艦の類か。しかし、海面からここまでざっと三〇メートルはあるぞ」

武園はなかなか納得しない。

「それくらい、船から崖までリフトかベルトコンベアーを設置すればいいじゃないか。高性能四発機を開発するよりは、ずっと容易なはずだ」

秋津はそう言ったが、武園は別の問題を指摘する。

「しかし、オリオン太郎はなぜ、逃げ出したのだ？　大使館問題が進んでいないのは事実だが、見かけほど単純な問題ではないのは、奴だってわかっていたはずだ。だからこそ、金塊を提供すると奴は提案したわけだからな」

「あるいはオリオン集団は、日本以外の第三国にも同じような要求ができることを示そうとしたのかもしれないな。自分はいつでも日本を去れると示すために」

武園は秋津に今までとは違った目を向ける。

「お前は浮世離れした天文学者と思っていたが、なかなかの外交官じゃないか。確かに奴らが外交的に二股を掛けるのはあり得るか」

「そんな不思議な話じゃないだろう。独ソ不可侵条約に世界は驚いたが、ドイツもソ連も、互いの交渉と並行して、英仏との交渉も進めていたじゃないか」

秋津はそう言いながらも、一つの疑念があった。自分の説は人間の思考としては自然かもしれないが、地球外人の思考としてはどうなのか？

秋津がオリオン太郎との交渉で常に感じてきたのは、人間と似ているようでいて、人間とは異なる彼らの思考法だ。武園とのいまの議論もオリオン太郎の失踪から始まっているが、実際のところ何を目的としているのかはまるでわからないのだ。

秋津のその考えは、ある部分で当たっていた。武園はオリオン屋敷にとどまったまま、あちこちに電話して、事後の対応を協議していた。

とりあえず警察に連絡となったが、それは時間の浪費に終わる。オリオン太郎の写真はあるが、それは海軍省の軍機指定であるため、手配写真の警察への提供で一悶着《ひともんちゃく》あった。海軍陸戦隊により、主要駅や港を固めるという話には、警察が理由の説明を求めてまた揉める。

昼過ぎになっても、緊急手配の相談は遅々として進まず、素人の秋津でさえ、すべて手遅れと思った。もっとも秋津の推測したように崖から船で脱出したなら、駅の封鎖そのものが無意味であるのだが。

だがここで事態は予想外の展開を見せる。自動車のエンジン音が遠くから聞こえてきたと思ったら、いまどき珍しいタクシーがオリオン屋敷に乗り付けてきた。

ガソリン節約のためにタクシーの営業も統制下にあり、都市部では木炭車も珍しくない。

しかし、オリオン屋敷のある山道を木炭車で登坂できるわけもなく、タクシーはガソリン車であった。

つまり富裕層か軍や政府の高官しかこんな真似はできない。オリオン屋敷に詰めていた下士官や兵は直立してタクシーを迎える。そして自動車からは背広姿の人物が降りてきた。

「ただいま」

「オリオン太郎！」

秋津は背広姿のオリオン太郎に駆け寄っていた。

「いままでどこにいたんだ！」

「町に出てました」

「何のためにだ！」

「服とか靴を手に入れるために。浴衣《ゆかた》は飽きました」

確かにオリオン太郎は上から下まで背広姿だ。しかも吊るしの背広ではなく、注文して作らせたとしか思えないほど、オリオン太郎に合わせた採寸がなされている。しかし、わずか数時間でどうやってオーダーメイドの背広を調達したのか？

「みなさん僕が逃げないように、浴衣しか着せてくれないじゃないですか。背広が欲しいと言っても聞いてくれないし、なら自分で調達するよりないじゃないですか」

秋津の後ろで武園が「本当にそんなこと言ってたのか？」と下士官に詰問しているのが聞こえた。どうやらオリオン屋敷の出来事の全てが武園たちに報告されているわけではないらしい。

下士官は怯《ひる》まずに言い返していたが、場を憚《はばか》ってか声は小さい。ただ「捕虜を甘やかすのは反対」という言葉だけは聞き取ることができた。

予想されるべきであったが、秋津もオリオン屋敷の状況が見えてきた。ここでオリオン太郎を監視していた下士官兵は、彼が何者であるかを知らされていないのだ。捕虜という言葉がすべてを物語っている。

軍機の問題ゆえなのだろうが、彼らにはオリオン太郎は捕虜としか説明されておらず、その説明を信じたために、想定外の事態が進んでいたのだろう。

「崖に轍があるが、潜水艦で移動したのか？」

秋津の指摘にオリオン太郎は笑顔で答える。経験的にそれはＹＥＳを意味する表情だ。

「さすがは秋津先生ですね。崖から移動したのは事実です。潜水艦ではありませんけど」

「潜水艦でなければ何だ？」

「うーん、説明が難しいですね。みなさんが持っていない乗り物ですから。強いて言えば飛行機です」

「飛行機か……」

それがどんな飛行機か興味はあったか、それよりも先に質《ただ》すべきことがある。

オリオン太郎は屋敷に入り、他の人間もそれに続く。武園はタクシーの運転手に二、三質問をしてから解放した。

「あの運転手、横浜でオリオン太郎にここまで乗せてくれと頼まれたそうだ。相場の倍の値段でな」

秋津の耳元で武園が囁く。

「現金で？」

「小判を出されたら怪しまれて乗せてもらえまい。しかもピン札じゃなくて、番号も不揃いの使い古しの紙幣だ。

そんなものまで偽造できる印刷技術があるのか、そこそこの現金を調達できるだけの組織がすでに本邦で活動しているのか、どちらにしても問題だ」

そんな短い会話をしながら秋津はリビングに向かう。武園も一緒かと思ったが、彼はそのまま海軍省に戻るという。武園がいてはオリオン太郎は何も語らないからだ。それに彼には別に時局研究会関係で調査すべきことがあるらしい。

秋津だけが入ると、すでにオリオン太郎は応接用の椅子にかけていた。オリオン太郎に尋ねたいことは山のようにあったが、それよりもまず質したいのは、やはり人工衛星のことだった。

「人工衛星の打ち上げはしてませんよ」

オリオン太郎はそう言った。

「ならば、この人工衛星はオリオン集団のものではないというのか？」

「いえ、僕らの衛星ですよ」

「君たちが打ち上げてはいないと言ったではないか！」

「軌道に投入しただけで、打ち上げてはいませんよ。僕らはオリオン座の方からやって来たんですからね。衛星の名前は『天の目』です、地球の人にもわかるように言うならば」

オリオン太郎はニコニコとそう答えたが、その内容が意味するところの重大さは秋津にはすぐにわかった。

オリオン太郎の話を信じるならば、オリオン集団の本拠は宇宙にあると考えられた。ならば彼らが宇宙から地球軌道上に衛星を投入するのは容易《たやす》いことだろう。そうであるなら「打ち上げる」必要はない。

「あの軌道だと、地球の隅々まで観測できて便利なんですよ。近いうちにまた一つ投入することになっています」

「オリオン集団が、そうまでして地球の情報を手に入れて何をするつもりなんだ？」

秋津は単刀直入に尋ねた。ただ相手の思惑がわからない中で、その情報が戦争を抑止したり、誘発する可能性については触れなかった。オリオン太郎たちがまるで気がついていない可能性もあるからだ。

「そう思っていただければいいんです」

オリオン太郎の返答を聞いて、秋津は自分の質問が悪いのかと思った。いまのやりとりは会話になっていないではないか。

「質問の仕方が悪かった。あの衛星の目的は何だ？　つまり我々がどういう反応をすることを期待しているのだ？」

「ですから、そういう反応です」

相手がオリオン太郎でなければ、馬鹿にしているのかと思うところだ。どうも根本的な部分で自分たちは何かが食い違っている。

「そういう反応とはなんだ？」

やや苛立ち気味の秋津に対して、オリオン太郎はニコニコと答える。

「ですから、あの衛星に対して疑問を持ってくれればいいんですよ。地球のみなさんならあの衛星の軌道を解析できるかどうか。解析できたとして、その意味するところをわかってくれるかどうか。そういう部分を知りたかったんですよね」

「つまり、僕がこうして君に尋ねるようなことを期待していたのか？」

オリオン太郎は、そこでちょっと驚いた顔をした。

「秋津さんがどう思うのか、なんてことはどうでもいいんです。天文学者なんだし、人工衛星のなんたるかくらい知っているでしょう。

でも、秋津さんがいくら理解したところで、世界どころか日本だって動かない。社会を動かせるような人たちに、僕らの力を知ってもらおうとすれば、こうした目に見える形で示す必要があるわけですよ」

オリオン太郎の言い分は秋津にも理解できるものの、それは彼を少しばかり傷つけた。

「僕は、オリオン太郎にとっては役に立たない存在だ、そういうことなのか？」

それを聞くと、オリオン太郎は不思議そうな表情を見せた。

「どうしてそうなるんですか？　秋津さんは僕にとって、大事な人ですよ。

なるほど世界を動かせる人々は、人工衛星の存在に気がつくかもしれない。ですが、その意味がわからない。専門家じゃないんですから。

そうなれば専門家に説明を求める。秋津さんなら、それを政府や軍部に対して説明できる。さらに軍部や政府の意見を、僕に理解できる言葉で説明もしてくれる。

秋津さんは僕と世界の、いや僕と日本の仲介者なんですよ。役に立たないわけがないじゃないですか」

オリオン太郎は、まるで秋津を褒めているかのように言うのだが、当人としては「役に立つ道具」と言われているようにしか聞こえない。

もっともオリオン太郎自身は、「役立つ道具」という評価こそ、相手に対するリスペクトと考えている節はあった。

「秋津さんは、ご自身が考えているよりも、大物になるんです」

オリオン太郎はそうも言う。彼がお世辞を言うとも思えないが、自分が大物になるというのも信じ難い。

「世界中が人工衛星に気がついた時、それが何かを考える。それが意味することも含めて。そして人工衛星を投入したのが僕らなのだから、僕と交渉できる秋津さんは自動的に大物になるじゃないですか。

日本政府が僕を無視しても、他の政府が交渉に現れるかもしれない。ならばますます秋津さんは大物になる」

オリオン太郎は、かなり重要なことをさらりと言ってのけた。大使館問題について、日本政府の対応が遅れれば外国との交渉を行うとオリオン太郎は言う。

しかも、オリオン太郎が外国に行くのではなく、外国の政府機関が日本にいるオリオン太郎に働きかけるというのだ。つまり自分が日本にいることを海外の政府筋に知らせることが可能だということだ。

ただ、それは矛盾を含んでもいる。そんなルートが存在するなら、オリオン太郎は秋津に頼る必要はないのだ。

秋津の考えを予想してか、オリオン太郎は続ける。

「人工衛星について世界が気づきつつある。そもそも秋津先生もソ連から情報を入手したんですよね？」

「プルコヴォ天文台だ」

秋津はそれを認める。オリオン太郎に外部との連絡が可能であることは彼もわかっていた。ただプルコヴォ天文台とのやり取りまで知っているとなると、話は違う。世界中の電報などをすべて傍受していることになるからだ。

このことはドイツの猪狩周一《しゅういち》も可能性を報告していたという。今のオリオン太郎の発言で、その可能性はさらに高まった。

「ですよね。今のところ彼らが最初に気がついた。ただ残念ながら、彼らも我々の静止衛星については気がついていない」

「静止衛星？」

「地球の赤道上空の概《おおむ》ね高度三万五七八六キロの円軌道に衛星を投入するとですね、その衛星の公転周期が地球の自転周期と等しくなって、地球から見て常に同じ位置にあるように見える。まぁ、赤道の衛星ですし、ソ連からは観測条件が良くはないでしょうがね」

そんな軌道があり得るとは、秋津にはショックだった。それくらい天文学者なら知っていて然るべきだと思ったのだ。どういう原理によるものかは、すぐに理解できたのだから。

「それもまた偵察衛星なのか。定点で静止するというのは？」

「高度三万六〇〇〇キロ弱の距離から定点を偵察するのはあまり賢明じゃありませんよ。距離がありすぎますし、結局、一つの土地しか監視できない」

「何の利点もない軌道にしか思えないが」

むろん何の利点もない軌道に、オリオン太郎たちが衛星を投入するはずはないのだ。

「我々はすでに静止軌道に三基の衛星を投入しています。概ね一二〇度の間隔で。これで我々はこの衛星を中継局とすることで、地球上のほとんどの地域で通信が可能となります。大使館が設置できたら、確実な通信は必須ですからね」

オリオン太郎は言葉だけでは秋津にはわからないと考えたのか、背広のポケットから紙切れを取り出すと、胸ポケットの万年筆で図を描いた。

「さっきから気になっていたんだが、背広やら万年筆やら、どこで手に入れたんだ？」

「街に行って手に入れて来たんですよ」

そんなこと当たり前じゃないかと言わんばかりの態度でオリオン太郎は言うが、秋津が納得できるはずもない。

「街って、どこの？」

「ええと、僕が行った場所を日本語でなんと表現するのか知らないんですが」

それが嘘であれ本当であれ、オリオン太郎に「日本語表記はわかりません」と言われれば、納得するしかない。彼らの呼び方を教えられたところで、それは秋津が理解できない。

「オリオン太郎が支払ったタクシー代はどうしたんだ？」

「仲間から受け取りましたが。まぁ、仲間という言い方も正確ではないんですが、他に適当な言葉もないので」

オリオン太郎はそれについては特に隠そうともしない。

「仲間もなしに地球で活動なんかできるわけがないじゃありませんか。僕ら、地球のことは右も左もわからないんだから」

それはうっかりすれば聞き逃しかねない内容だったが、秋津はそこに含まれる意味にすぐに気がついた。

「地球の人間の協力者がいるというのか？」

「協力という言葉の意味の解釈にもよりますけど、地球についての知識を教えてくれた人物はいます」

「地球の人間でだと……」

秋津はその言葉に確かに驚いたが、自分でも意外なほど冷静でもあった。

オリオン太郎たちの行動には理解不能な部分が多いのも事実であるが、それでも宇宙に住んでいる存在にしては地球について詳しすぎる。オリオン座の方からやってきた地球外人が、金を払ってタクシーに乗って家に帰るなどということができるとは思えない。

そもそもオリオン太郎はどうやって日本語を学んだのか？　具体的な方法は秋津にも理解できないとしても、協力者抜きでできる芸当とは思えない。

「その、オリオン太郎がいた街で協力者と会ったのかね？」

あるいはその人物さえ特定できれば、オリオン太郎やオリオン集団のことがわかるだろう。しかし、その程度のことはオリオン太郎もわかっていたらしい。彼はこう返答した。

「その人とは会いませんでしたけど、ブレーントラスト、今は時局研究会と改名しましたっけ、そこのメンバーには会いましたよ」

「何だと、誰と会ったんだ！」

それに対してオリオン太郎はいつものようにニコニコと答える。

「猪狩周一さんです、元禄通商の」

秋津が知る限り、猪狩は満洲里《マンチユリ》から海拉爾《ハイラル》に向かう列車から行方不明になった人物だった。鉄道が匪賊《ひぞく》により破壊され、それで急停車した時から行方がわからない。

彼が失踪したのが八月二日、そして今日は八月二一日だ。場所が満洲であるため、関東軍を経由しなければ情報は入ってこない。

武園によると、関東軍の態度はお世辞にも協力的ではない。特に窓口となった関東軍参謀部の古田《ふるた》中佐は海軍側に対して、やる気のない態度を隠さない有様という。

「猪狩は日本に戻っているのか？」

「いいえ、まだ戻ってませんけど」

それがオリオン太郎の返答だった。

# 2章　パイラ

「いつまで私をここに幽閉するつもりなんだ?」

猪狩周一は、部屋の天井に向かって話しかける。室内には自分しかいないが、どこかにマイクが仕掛けられているのは間違いない。そうでなければ自分の行動が、あそこまで詳細に知られるはずもない。

与えられた新聞の日付と、猪狩が手帳に認《したた》めた日記が正しいなら、今日は昭和一五年八月二一日のはずだ。

オリオン花子により彼らのいう空中戦艦に乗せられたのが八月二日だから、もう三週間近くもこの部屋に幽閉されていることになる。

猪狩がいる部屋は、決して不快な牢獄ではなかった。まず牢獄のように狭くはない。二〇畳ほどの広い部屋と、隣接する一五畳はある部屋。その隣には五畳ほどのさらに別の部屋があり、そこに水飲み場と兼用の洗面台と、お湯を溜めるタイプのバスタブがある。

お湯もふんだんに使えるし、何らかの空調設備があるようで、昼夜を問わず快適な環境が維持されていた。壁も石膏《せっこう》のような目の細かいざらついた石材で作られていたが、どういう原理なのか、壁そのものが淡い光を放っており、十分な照度が確保されていた。

ただ室内の調度品は乏しい。二〇畳の部屋にはソファーと背の低いテーブルしかない。一五畳の部屋には一人用のベッドだけが置かれている。

なぜかクローゼットの類《たぐい》はどこにもなく、簞笥《たんす》さえ置かれていない。

それどころか一番狭い部屋には、洗面台とバスタブはあるのに便器はない。ただ排泄のために使うのだろう、蓋のついた金属製のバケツが置かれているだけだ。

台所も付属していないが、食事だけは外部から運ばれてくる。パンと肉団子とスープが中心で、それに副食が一品か二品ついてくるだけだ。

着衣は毎日着替えが運ばれてくる。それは背広で、下着から何から、採寸は猪狩のそれと完全に一致していた。複製と言ってよいだろう。

ただ素材はウールや木綿ではなく、絹のような手触りの初めて手にする繊維だった。食器と着古した着衣の回収とともに、排泄物の入ったバケツも交換される。

居住空間として設計されているのは確かだろうが、照明や空調が高度な技術で整備されながら、収納はなく、トイレさえバケツで代用するというチグハグさがあった。それでこの部屋が倉庫を臨時に改装したというなら、こういうチグハグさもわからないではないが、どう見てもここは最初から住居として建設されている。

ただ猪狩はだんだんと、この住居を管理している存在が、人間ではないような気がしていた。ブレーントラストで秋津とかいう天文学者が地球外人が活動している可能性を指摘していたが、猪狩はそんな意見は気にも留めていなかった。

アメリカのパルプマガジンではあるまいし、巨大なロケットに乗って地球外の高等生物がやってくるなどありえない。天文学者なら、火星に行くだけで何年もかかる、他の宇宙からなどといったら気が遠くなるような時間がかかるくらいわかりそうなものだ、そう考えていたのである。

しかし、この住居に幽閉されてから、秋津の地球外人説こそが正しいのではないかという気がして仕方がない。この住居のチグハグさも、ここを活用するのが人間ではないと考えるなら筋は通る。

猪狩がここはおかしいと感じるのは、住居への違和感ばかりではない。彼の住居に食事を運び、汚物バケツを回収する人物が人間とは思えないからだ。

それを表現する適切な言葉は思いつかないが、強いていうなら等身大の動く人形のような人間だ。身長は一八〇センチほどあり、頭髪はなく、人間のような皮膚をしているが、目はあるが鼻も口もなく、耳には無線のレシーバーのようなものを付けている。

パルプマガジンにはロボットという機械人間が登場するが、彼らはそれとも違うように見える。モーターや歯車で動く機械ではなく、明らかに生物だ。あるいは鼻や口がないのは、何らかのマスクで巧妙に隠されているのかもしれない。

着衣は灰色の肉襦袢《にくじゅばん》のようなものだ。ただ猪狩はいまだに、これはもしかしたら皮膚の一部ではないかという疑いも払拭《ふっしょく》できていない。

彼らは猪狩を警戒してか、常に二体で現れる。双子のように同じ形態だ。そして互いに言葉を交わすこともなければ、猪狩の呼びかけにも反応しない。

ただ音は聞こえているようで、猪狩が後ろから不意をつこうとした時には、彼の足音に反応した。

それで猪狩は誰とも言葉を交わしていないかといえば、そうではない。例のオリオン花子と言葉を交わすことはある。オリオン花子が現れるときは、同じような鼻と口のない別の二人を引き連れている。顔は似ているが猪狩との身長の比較で、同じ個体ではなかった。だからこういう異形の人間はこの拠点には多いのだろう。

オリオン花子は毎日、猪狩のところに現れる。オリオン花子などというふざけた名前の人間がいるはずもないから、偽名なのだろう。

ダメ元で本名を尋ねたこともあるのだが、日本語にそれほど習熟していないのか、隠す隠さないではなく、本名とは何か？　という部分で彼女には話が通じなかった。

オリオン花子は、最初に空中戦艦で遭遇した時と同じ、空挺部隊の制服のような服装を維持していた。

きっと私服もあるのだろうが、そうした姿を猪狩に見せたことはない。猪狩と会うのは仕事の一部であるためか。

そのオリオン花子は短い会見の間に、日本や世界情勢について教えてくれた。

例えばドイツはイギリスへの直接的な上陸作戦は諦め、空軍力でイギリスを攻撃し、それを屈服させようとしているらしい。

「イギリスもドイツの軍門に降《くだ》るのだろうか？」

猪狩はオリオン花子に尋ねたことがある。戦況を知るためというより、オリオン花子たちが何者で、どれだけの能力があるのか、それを探るためだ。

こうした表現が適切なのかどうかはわからないが、オリオン花子たちは世界規模のスパイ網を構築しているとしか思えない。

「空軍力でドイツはイギリスを降せないでしょう。それほどの戦力はドイツにはありません。それに最終的に、歩兵が土地を占領しない限り、地球の人間は勝敗を納得しませんから」

オリオン花子の返答は、猪狩にも理解できた。ただ、結論の導き方が抽象的である印象も受けた。彼女らが行ったのは空軍力の分析ではなく、人間の行動原理という視点であるためだ。もちろんオリオン花子が自分たちの情報をすべて明らかにすることもないだろう。

まず、どうして猪狩が軟禁されているのか、その理由についてはまともな説明はない。

「安全のためです」それが説明のすべてである。

脱出は何度か試みたが、すぐに発見され、阻止される。異変があると鼻と口のない二人が飛んできて、猪狩に薬物を噴霧して眠らせてしまう。目覚めた時に、ひどく不快な思いをするので、とりあえず猪狩も脱出は当面諦めた。

ただ、猪狩を何もない部屋に放置するのは問題と気がついたのか、彼が大人しくなると、三日に一度の割合で、日本の新聞が食事とともに運ばれてきた。

活字があるものは新聞しかないので、猪狩は記事は言うに及ばず、チョコレートの広告まで丹念に読み返す日々を過ごしていた。

そして八月二一日、朝食を運んできたいつもの二人とともに、オリオン花子も現れた。

この時間に現れるとは珍しい。

「どうしたんだ？」

そう尋ねる猪狩に、オリオン花子は言う。

「会わせておきたい者が到着します。日本から。それの働きによっては、猪狩さんが日本に移動できる日も近いでしょう」

「日本に戻れるのか！」

猪狩は声をあげる。それを見てオリオン花子は不思議そうな笑顔を向けた。

「戻れますとも。ここには安全のために滞在していただいていると説明したはずですが」

オリオン花子はそう言った。猪狩はその時、三週間ほど前のことを思い出していた。

関東軍の古田岳史《たけし》陸軍中佐から猪狩が逃げ延びることができたのは、オリオン花子が指揮する六発の大型機のおかげであった。正直、助けてくれたとはいえ、オリオン花子たちが信用できるという保証などどこにもない。

しかし今ここで、この空中戦艦と称する六発大型機に乗らないという選択肢はない。日本やドイツに出現している謎の飛行機の正体を知るチャンスではないか。

翼長五〇メートルを優に超える巨人機は、胴体部分も全長三〇メートル以上あった。しかし、オリオン花子に案内された機内は思ったほどには広くなかった。

胴体の前方は主翼の旋回機構と思われる機械装置で埋まり、操縦席と胴体後部は幅一メートルほどの通路で辛うじて繋がっていた。

ただ巨人機だけあって、胴体は一階部分と二階部分に分かれており、猪狩は胴体後部の二階側に案内された。

二階のキャビンは長さ五メートルほどの応接室のようで、ここだけは飛行機というより客船を思わせる。

機内の壁はアイボリー色で、猪狩も知らないような樹脂で覆われていた。壁には大人の頭ほどの楕円形の窓が並んでおり、それは三重構造になっていた。

ベッドにもなるような長椅子が、細長いローテーブルを挟んで向かい合って置かれていた。オリオン花子は猪狩にそこへ掛けるよう、身振りで促した。

猪狩が口を開くより早く、オリオン花子は食事を用意すると言う。

「機内ですので、簡単なものしか出せませんけど」

話の腰を折られたが、確かに腹も減っている。それ以上に喉も渇いた。だからオリオン花子の好意は受けることにした。それに食べ物によって、相手のことがかなりわかるのだ。

オリオン花子は猪狩の向かい側に座り、程なくして異形のものが現れた。後に猪狩の世話をする、鼻も口もないレシーバーをつけた頭髪のない人物だ。地上でオリオン花子の警護をしていたらしい二人とは明らかに違う。灰色の肉襦袢で現れたが、最初は全裸かと思った。

「どうぞ」

オリオン花子は勧める。料理は大きなコップに入った飲み物と、肉や野菜を無造作に挟んだパンだった。サンドイッチというほど高級なものでもなく、さりとてホットドッグほど安っぽくもない。そんな感じだ。

「君は食べないのか？」

「今ここではいただきません。立場もありますので。毒をお疑いなら無用の心配です。そんなことをするなら、そもそも助けません」

食事をしない他人の前で自分だけ食べることには抵抗はあったが、これも調査の一環と猪狩は手を伸ばす。

飲み物は甘く、若干の酸味がある。悪い味ではない。パンも決して不味《まず》くはない。ただ雑に作った印象はある。

パンは全体に黒みがある全粒粉パンであるが、ロシアやドイツなどの黒パンとも違う気がした。粉が異様に細かい気がするのだ。中の野菜はレタスとキャベツを刻んだもの、それに豚肉の塩漬けだ。材料だけなら世界のどこでも手に入るだろう。食材から拠点を推測するのは難しいようだ。

それよりも猪狩は調理法が気になる。レタスもキャベツもすべて一ミリほどの同じ幅で切断されている。キャベツなど、芯さえも繊維のように切断されていた。

豚肉にしても、一センチ角の棒状のものを二〇センチほどの長さに切断し、それが三本並べてある。これでは調理というより機械加工ではないか。

もちろん軍艦などでは大量の食事を作るのに、ミキサーで野菜を粉砕するが、こんな繊維状にはならない。

例えは悪いが、大工が自前の道具で料理人の真似をしたかのようなパンである。

「君たちは何者なんだ、どこから来た？」

質問にオリオン花子が素直に返答するとは思っていなかったが、否定の仕方やはぐらかし方でも、情報は得られる。だがオリオン花子の返答は、猪狩の意表をついていた。

「その質問は無意味でしょう。どこから来たという質問が意味を持つのは、両者が同じ場所を知っている時のみです。片方が概念すらないような地名を告げたとしても、聞いた側は検証もできなければ意味もわからないわけですから。

君たちは何者か？　という質問にしても、何者かを理解できるだけの知識がなければ、私の回答は意味を持たないでしょう。その真偽を判断できないのですから。それに猪狩さんのいう君たちの意味が、私が考えている君たちと同じかどうか、それも考えねばなりません」

正直、そんな返答にどう反応すればいいのか咄嗟《とっさ》にはわからなかった。そこで思い出したのが、秋津の話だった。

「君らは宇宙からやってきたから、今のような遠回しの表現になるのか？」

オリオン花子は笑みを浮かべた。

「そういうことです。ですが、猪狩さんは納得なさらないでしょう。宇宙のどこからやってきたのか、それを説明したところで猪狩さんは、その場所がどこにあるのか理解できない。わからないという点では同じことです」

猪狩はそんな話では納得できないと思ったものの、有効な反論も思いつかない。何よりも、それなりに渡航経験のある猪狩からみても、オリオン花子が何国人であるのかわからないことが反論を難しくしていた。

世界中を探せば、彼女のような容貌の女性が多い国や地域もあるだろう。しかし、こうした垂直離着陸するような飛行機を製造・運用できる社会や国となると、思い当たる節がない。

印象としてはアジアのどこかであるが、飛行機を開発製造できる国はアジアには日本しかない。そして彼女が日本人かといえば、どうもそうは思えない。

「宇宙から来たなら本名があるだろうに、どうしてオリオン花子を名乗るのだ？」

「地球から見て、オリオン座の方からやってきたのでオリオン花子です。花子に意味はありませんけど、皆さんにも馴染みがあるでしょう」

「要するに君らには別に名前のようなものがあるが、我々に合わせてオリオン花子と名乗っているというだけか。我々に理解できるように。

だとすると、ドイツで僕らの目の前で射殺された二人にも、そういう名前があるのか？」

「ドイツで射殺されたのは、オリオンハンスです」

「もう一人は？」

「ドイツに着陸した飛行機は二人乗りです。オリオンハンスの名前が明確なら、残りは非オリオンハンスですから、識別可能です」

猪狩は内心途方にくれた。名前を確認する程度のことで、こうまで話が通じないとは。なまじ日本語で会話ができるだけに違和感ばかりが強くなる。

本当なら大使館の話なども尋ねたいところだが、ここは自分も戦略を立てねば実のある会話は期待できそうにない。

オリオン花子は程なくコンパートメントから出ていき、猪狩だけが残される。ドアは自動で閉まったが、同時に鍵がかかる音がした。猪狩はこのコンパートメントから自由に出られないということだ。まぁ、それは彼にとってはさほど気にはならない。機内で逃げ隠れしたところで、最初から袋の鼠だ。

それより、これからオリオン花子にどう切り込むかを考えながら窓から外を見る。空中戦艦は雲の上を飛行していて、まさに雲海という言葉がふさわしい。猪狩は生まれて初めて見る光景に、ただ見入っていた。

だが、彼はしばらくしてあることに気がついた。オリオン花子は日本に向かうと言っていたが、太陽の位置や時間を考えると、この空中戦艦はほぼ真南に進んでいるようだ。日本に向かうなら南東方向に進むはずで、明らかに方位が違う。

猪狩がこのことを質《ただ》そうと腰を浮かせた時、オリオン花子が戻ってきた。

「直接日本へは向かいません。しばらく南下します。天の目が我々を捉えるように」

「天の目？」

オリオン花子は自分たちは宇宙からやってきたと言っている。だからパルプマガジンのロケットのようなものが宇宙にいて、それが遥か上空から空中戦艦を観察しようとしているのか？

猪狩はどこまで話が通じるか不安であったが、オリオン花子にそれを確認してみた。

「ロケットの意味が私の解釈と同じかどうかはさておき、概《おおむ》ねそのような理解で結構です」

オリオン花子はそう答えてくれたものの、猪狩にはなおわからないことがある。

「ロケットからこの飛行機の姿を観測して、何の意味がある？」

「天の目は地球全体を観測するものですが、カメラの補正を定期的に行う必要があります。空中戦艦が撮影した映像と天の目が撮影した映像を比較することで、カメラの補正ができるのです」

猪狩は驚いて尋ねる。

「君らは地球全体を観測しているのか？」

「活動対象について基礎的調査を行うのは合理的では？　むしろあなた方のように、対象領域について満足な調査もなしに武力侵攻するほうが、私には不思議です。現実に、この地球上では武力の行使は常に錯誤の連続です」

あなた方というのは、どうも必ずしも日本人だけではないらしいが、それにしても猪狩にとっては耳が痛い。日華事変は錯誤の連続で泥沼化している。

それどころか満洲事変で誕生した満洲国は、順調に建国がなされているようでいて、いまだに国民の定義さえ成功していない。ヨーロッパの戦争にしても錯誤の連続だったであろうことは、そこを訪れていた猪狩にはよくわかる。

「そろそろ邂逅《かいこう》時間です」

オリオン花子がそう言うと、今まで何も無かったはずの壁面に時計が二つ現れる。一つは現地時間、もう一つは分針と秒針だけの計測用の時計らしい。

空中戦艦が南下しているなら、ここは中国時間だろう。それからすれば猪狩が乗り込んでから四時間近く経過したことになる。そして眼下には、何もない大地の中に唐突に大都市が広がっていた。

揚子江が流れ、湖があり、都市を囲む城壁がある。猪狩はそれが他ならぬ中国の首都、南京《ナァンヂィン》であることをすぐに理解できた。飛行機で上空を通過したことはなかったものの、陸路では何度か訪れたことがある。

ただ上空からの南京の姿を見て、猪狩は空中戦艦が尋常ではない高度を飛行していることを知った。窓からの光景は、南京市という都市部に限った姿ではなく、それよりも広い領域であった。猪狩の知識が正しいなら、ここまで広範囲に見えるとすれば、空中戦艦の飛行高度は一〇キロはあるだろう。そんな高度で飛行できる飛行機は軍用機も含めて存在しなかったはずだ。

「作業は無事に終わったようです」

オリオン花子がそう言うと、空中戦艦は針路をやや東に変えた。そしてオリオン花子は再びコンパートメントから出ていきかけた。

「これから日本に向かうのか？」

猪狩が後ろから尋ねると、オリオン花子は振り向かずに答える。

「先に、作業があります」

そして猪狩は再び一人にされた。壁の時計は気がつけば消えていたが、腕時計があるので時間はわかる。空中戦艦は南東方面に向かっていると思われたが、正確な方位はわからない。

そして南京を通過してから約五〇分後、空中戦艦は海に出た。眼下には港町がある。それはどうやら温州《ウェンチョウ》と思われた。そこも猪狩は海路で訪ねたことがある。

ただ南京から温州までは約五〇〇キロ、それを五〇分で移動したというなら、空中戦艦は時速六〇〇キロで飛行したことになる。

空母グローリアスや戦艦シャルンホルストを撃沈した例の四発機は時速五〇〇キロを出

していたが、空中戦艦はそれ以上の速力だ。やはり人間の技術ではないのか？

それに猪狩には気になることがある。海拉爾《ハイラル》の手前で空中戦艦に乗せられ、そこからここまで二五〇〇キロにはなる。これがどこから飛んできたかは知らないが、出発した基地を目指しているなら、往復分も加味して最低でも五〇〇〇キロ以上は飛んでいると思われた。

いくら何でも、そろそろ燃料が切れるのではないか？　巨人機なら大量に搭載できるとしても、重量が大きい分だけ燃料消費も大きいはずだ。どう考えても燃料は限界ではないか。

にもかかわらず空中戦艦は海に出てしまった。これでは不時着もできないだろう。

そうした時に、再びオリオン花子が現れる。ただし今度は壁に姿が現れた。イギリスでは映像を再現するテレビジョンという技術があると聞くが、どうやらこの映像はその類と思われた。だがイギリスの技術では目の前のような天然色ではなかったはずだ。

「猪狩さんは、私が宇宙から来たことをまだ信じていただけないようですね」

「普通はそうだろう。君らの技術が尋常ではないのは認めるがね」

「なら、これから面白いものをお見せします」

オリオン花子がそう言うと、彼女の姿と同時にコンパートメントの壁と天井も消え、周囲が丸見えになる。床だけは不透明であったが、猪狩は遠く眼下に見える大陸に声をあげそうになった。

しかし、時速六〇〇キロで飛んでいれば物凄い風を受けるはずだが、そんなこともなく、これはガラスのように透明になっただけだと自分に言い聞かせる。

だが、単純に透明になったわけでもないらしい。先程の消えたり現れたりする時計と同じだ。猪狩はそこでやはりテレビを連想した。なぜなら透明に見える外の光景に、何かちらつきのようなものを感じたためだ。

技術が進歩すれば、天然色で精度の高い映像を表示できるのではないか。それが可能なら、あたかも機体が透明になったかのように見せることもできるだろう。

「映像なのか？」

「わかりますか？」

オリオン花子は姿を見せずに声だけで応える。猪狩がこれを映像と見破ったことが意外であったらしい。

「映像だから、ちらついているんだろ」

「なるほど。あなた方の目にはこの映像はちらついて見えるのですね」

そう言うと、突然、画面のちらつきが消えた。猪狩がそれを指摘しようとした時、オリオン花子の映像は機体後方を指差す。

「これからあれと邂逅します」

オリオン花子は、指で示した方向の映像を拡大した。

「あれは何だ？」

「皆さんに理解していただけるように、パイラという呼称を用意しました」

「飛行機なのか？」

「往還機です。宇宙と大気圏内を結ぶ乗り物。猪狩さんの表現を使えばロケットです」

猪狩がイメージしているロケットは、パルプマガジンにあるような砲弾型の胴体に尾翼がついている形状だが、オリオン花子がパイラと呼ぶ往還機はそれとはまるで違っている。一番近い形状を問われれば、四肢を真っ直ぐに伸ばした亀だろう。あるいは忍者が武器にする手裏剣か。

パイラは推定で直径五〇メートル以上はありそうな円盤が胴体で、その前方に飛行機の機首のようなものが付いている。それが亀の首とすれば、四肢に相当する部分には同じ形状の短い翼が展開している。

機体後部がどうなっているのかはわからないが、映像では亀の尻尾がある辺りを中心に陽炎《かげろう》ができている。高温の気体が放出されているようだ。猪狩はブレスト沖海戦で戦艦や空母を一撃で沈めた爆弾にも、同様に後部から陽炎が認められたことを思い出していた。

航空機については素人の猪狩だが、こんな円盤型の機体が安定して飛行するなど信じられない。しかし、それは安定した姿勢で空中戦艦に接近してくる。

毎時六〇〇キロで飛行している空中戦艦に後ろから接近してくるとは、あの亀のような円盤は六〇〇キロ以上の速度で飛行していることになる。

そして映像は再び実寸に戻った。拡大しなくとも十分に観察できると判断されたためだろう。

パイラはゆっくり接近してきたが、ついに空中戦艦の直上についた。空中戦艦は翼長五〇メートルはあったはずだが、パイラは最初の印象よりもさらに大きく、円盤部分の直径だけで六〇メートルにはなるだろう。

「パイラの方が大きいのか……」

「私たちが使う標準型の往還機がパイラです。地上から宇宙まで移動できる性能があります」

そうして直上にいるパイラは動き出す。どのように収納しているのかは死角で見えなかったが、パイラの胴体下部からホースのようなものが展開している。

そのホースは空中戦艦の機体上面に接触した。列車が連結するような金属的な音が聞こえた。

そして機体上部から、何かパイプの中を液体を流すような音が聞こえ始めた。

「これは？」

「空中給油です。往還機なら地球一周も容易《たやす》いですけど、空中戦艦は内燃機関を採用している関係で、長距離飛行ではこうした空中給油が必要になります。

まぁ、それさえできるなら、空中戦艦も世界中を飛行できますけど」

「拠点からドイツや日本までそうやって飛んできたのか」

猪狩の言葉を独り言とでも解釈したのか、オリオン花子は何も言わない。猪狩は上空のパイラを指差し、尋ねる。

「こんな凄い飛行機があるのに、どうして四発飛行機で我々の前に現れたのだ？」

猪狩の質問にオリオン花子は、不思議なものを見るような目で彼を見る。

「地球の人たちの前に、いきなりパイラで現れたら、警戒されるだけじゃないですか。理解できる範囲で我々の技術力の高さを理解してもらうには、あれくらいが手頃なんです」

「しかし、なぜ軍用機なんだ。ラジオとか自動車とか、そういう類のものでも良かったんじゃないか？」

「ラジオでは、我々に武力では勝てないことが伝わらないじゃないですか。理解できる高性能な兵器じゃないと駄目なんです。

とはいえ、戦車では世界中を回るのに一苦労。戦艦では宇宙から下ろすのが一苦労です。爆撃機が一番手頃なんです」

オリオン花子は当たり前という体《てい》でそう言ったが、猪狩にはそれを無視できなかった。

「君たちは武力侵攻を企てているのか？　優秀兵器の武力で地球を支配するような」

オリオン花子は、そこでまた不思議そうな表情を見せる。

「あなたの言う支配とは？」

「地球を君らの植民地にするのだ」

「私たちが地球を植民地にするメリットが何かあるんですか？」

猪狩は、この時点でも、オリオン花子たちが宇宙からやってきたという荒唐無稽な話を半分は信じていなかった。確かに彼らの技術力は素晴らしい。

しかし、どれも猪狩が理解できる範疇《はんちゅう》にある。地球の人間に理解できる技術水準に抑えているというが、それは実は彼らの正体が地球人である場合とも矛盾しない。

パイラにしても、実は自分が観ているのは映像であって実像ではない、もっともらしい映画か何かを投影するという方法もあるだろう。少なくとも、特撮映画を撮影するほうが、現実にパイラのような乗り物を製造するより容易い。

だが、そうまでして技術力を誇示しながら、「技術的に勝る自分たちに従え」ではなく、「植民地にするメリットなんかあるのか？」という返事が来るとは思わなかった。

「資源を確保するとか……」

「地球から手に入れられる資源はすべて宇宙から調達できますし、そのほうがよほど簡単です。地球の海を満たせるだけの水さえ、宇宙には豊富に存在する。必要な生物資源もまた、宇宙で維持できる。資源を目的に地球を植民地にするなど無駄です」

オリオン花子たちに地球を植民地にする意思がないというのは、客観的には望ましい事実だろう。しかし、その理由が「無駄だから」というのは地球人としては猪狩も面白くない。

「植民の意図がないのに、君らはなぜ大使館を作ろうとする？」

ここで再びオリオン花子は不思議そうな表情を見せた。

「日本が海外にもつ大使館は、将来の植民地建設のためなんですか？」

「いや、そうじゃないが」

日本語は通じるのに話はさっぱり通じない相手に、猪狩もやはりオリオン花子は宇宙から来たのかという気分になる。

そうしている間に液体が流れる音は止み、金属音とともにパイプは離れ、パイラの中に収容される。そしてパイラは空中戦艦を追い越して、自分たちよりも、やや東寄りの方角に飛んでゆく。その姿は急激に小さくなったが、空中戦艦の速度を考えるなら、音速に迫るはずだった。

パイラからの離脱とともに、オリオン花子の映像は消えた。

「日本には戻らないのか？」

猪狩がそう抗議するが映像も現れず、返事もない。そうして猪狩は窓から陸地が接近するのを認めた。そこそこ大きな島嶼《とうしょ》のようで、温州からの飛行時間を考えれば、台湾かフィリピンだろう。

そして空中戦艦が向かっている大都市の姿に、ここが台湾であることを確認した。飛行機で台北に飛んだ時の光景に似ているためだ。ただ空中戦艦の高度はそれより倍以上高い。

驚いたのは、日本海軍の戦闘機隊が接近してきたことだ。どうやら国籍不明機が領空侵犯をしたために、それを撃墜するか、あるいは強制的に着陸させようとしているのだろう。

「駄目だ！　近づくな！」

猪狩は戦闘機隊に聞こえないのはわかっていたが、そこから叫んでいた。ドイツではたった一機の四発機が戦闘機隊を全滅させていた。この戦闘機隊もあの時と同じように全滅させられると思ったのだ。

しかし、結果は違っていた。空中戦艦はただ飛行するだけで、何もしない。なぜなら海軍の戦闘機隊は、空中戦艦の飛行高度まで到達できないためだ。

眼下では、空中戦艦に接近しようとして限界まで上昇するものの、高度を維持できぬまま急降下する戦闘機隊の姿が見えた。

詳細は不明だが、七月二日には東京上空にオリオン花子の仲間らしい大型機六機が現れ、それにより陸海軍で騒動にもなったという。台湾の海軍航空隊もその反省から防空体制を見直し、それがこの戦闘機の出撃となったのだろう。事実、戦闘機は迅速に出撃した。だがその結果といえば、空中戦艦を迎撃するどころか、飛行高度に達することもできないで終わった。もしも台北でも天の目と邂逅しているとしたら、海軍航空隊の迎撃能力を知るには絶好の機会であっただろう。

空中戦艦は、ここまでの行程から考えて、毎時六〇〇キロを維持して飛行しているように思われた。そして台北を通過してからは、針路をさらに東寄りにしたらしい。

猪狩の地理の知識が確かなら、この方角で基地を設定できそうな陸地といえばニューギニア島くらいだろう。本州ほどの面積をもつあの島に都市と呼べるものといえば、ポートモレスビーくらいしかない。オリオン花子たちが秘密基地を建設するには絶好の場所だろう。

猪狩はそうしたことを確認したかったが、オリオン花子は一向《いっこう》に戻ってくる様子がない。空中戦艦は安定して飛行している。台北を通過してから、心なしかエンジン音が高くなった気はしていた。速度を少し上げたのかもしれない。

もっとも猪狩の耳学問では、レシプロ機の速度には音速の壁による上限があるらしい。プロペラの効率が低下するのどうのと、そういう理屈はあるようだが、猪狩にはわからない。わかるのはレシプロ機で時速七〇〇キロを突破するのは容易ではないということだ。

速度を計測する参考とするための陸地を必死で猪狩は探したが、適当な陸地は見当たらない。そして気がつけば、彼は眠りに落ちていた。

考えてみれば、数千キロを移動しているのだから、半日近く飛行していることになる。夕方になっても照明はつかず、機内が暗くなったことで眠りに落ちたのだ。

猪狩が再び目覚めたのは、機内に照明が灯った時だった。いつの間に運ばれたのか、テーブルには昼間に食べたのと同じ飲み物とパンが置かれていた。

腕時計を見れば台北を通過してから四時間ほど飛行していることになる。猪狩の速度見積が正しいなら、台北から概ね二五〇〇キロほど移動していることになる。向かっている正確な方角はわからないが南東か東南東の間くらいだろう。

この計算が正しいなら、緯度はともかく、経度的には日本列島の南側ということになる。

時間から推測して低緯度地域だが、赤道を越えるには至っていない。つまりまだ北半球にいる。

猪狩は星座で自分の考えを確かめようとしたが、機内照明のため窓には室内の情景が反射するだけで、星座の確認はできなかった。

仕方なく食事を摂《と》る。パンを食べながら、猪狩は自分がいかに空腹だったかを実感した。

彼の食事が終わるのを待っていたかのように、正面の壁にオリオン花子の姿が現れる。

「あと少しで着陸します」

「どこなんだ、君らの基地は？」

「猪狩さんが私の立場として、教えます？」

そう言うと、オリオン花子の映像は消えた。そうして数分後に一段高いエンジン音とともに、何か機械が作動するような音が聞こえた。どうやら減速している感覚を猪狩は覚えたが、それもすぐに終わり、後は甲高いエンジン音が続いた。

猪狩は窓から外を覗くが、照明の類は何も見えない。秘密基地なら、確かに煌々と照明が灯るほうが不自然か。地面との距離感も摑めないうちに、空中戦艦は着陸した。

そして、そこから先の記憶は消えている。どうも眠ってしまい、その間にこの住居に運び込まれたようだ。だから空中戦艦が着陸した基地がどんな場所にあり、どれほどの規模なのか、三週間近くも滞在しながら、猪狩はまるでわかっていなかった。そして今、オリオン花子は日本から来た人物を彼に会わせると言ったのだ。

　驚いたことに、その人物は幽閉されている猪狩のもとに現れるのではなく、猪狩の側からその人物のところに向かうという。

　オリオン花子に促されるまま外に出た猪狩は、初めて自分の住居を外から見た。鉄筋コンクリートのアパートのようなものを想像していた猪狩は、自分の住居に拍子抜けした。それは灰色で多孔質のコンクリートでできた鏡餅のような建物だ。

　ブロックを積み上げたのではなく、粘土の紐を積み上げて壺を作るように、同じ断面を何層も何層も重ね上げた印象を受けた。外壁にはそうとしか思えない層状の横線が入っている。

　室内は四角い部屋なのに、どうも外形は、まだ温かい搗《つ》きたての餅をテーブルの上に無造作に置いたような潰れた不定形である。猪狩のあてがわれた住居に窓がないのはこのためか？

「どうぞ」

　家の前に待っていたのは、畳二枚ほどの大きさの板に車輪を六個取り付けたような自動車だった。板の上にはベンチがあり、オリオン花子と猪狩はそこにかけたが、警護の二人は立ったままだ。そして自動車は音もなく前進する。操縦者はなく、すべて自動らしい。

住居の陰でわからなかったが、自動車はすぐに見晴らしの良い海岸に出る。オリオン花子らの拠点はどこかの環礁らしい。複数の島々が点在し、環礁の大きさは海岸線から見た印象では縦も横も一〇キロ以上はある。

日本列島の南方で二〇〇〇から三〇〇〇キロの範囲内なら、日本の委任統治領のどこかの可能性が大きい。委任統治領である南洋諸島にしても、無人の島は少なくない。だからオリオン花子たちがここに拠点を築いたとしても、日本をはじめとして誰も気がつかなくても不思議はない。

ただ本気で日本海軍が動き出したとすれば、そう楽観はできまい。おそらく日本の南洋庁や海軍基地が置かれているパラオ諸島にも近いはずだ。

確かにオリオン花子たちの軍事技術は驚嘆すべきものではある。しかし、現時点で確認されているのは爆撃機に潜水艦だ。いかに彼らの兵器が優れていても、多方面から同時に侵攻されたなら、寡兵である彼らでは戦線は支え切れないだろう。

もちろん猪狩は日本陸海軍と彼らが武力衝突するべきとは思っていない。数で圧倒して彼らに勝利したとしても、その代償も少なくないからだ。

この環礁を占領するまでに、軍艦の五隻や一〇隻は沈められることを覚悟する必要がある。とはいえ、すべては彼らが何を意図しているかで決まる。大使館開設を目論《もくろ》むのも、彼らなりの武力衝突回避策とも解釈できる。

単純な構造の自動車で移動するからには、すでに島には道路が整備されていると思っていた猪狩だが、その予想はすぐに裏切られた。珊瑚礁に砂が堆積した島々は、その地形のほとんどが平坦地だった。

そして猪狩の乗る自動車は、舗装されていない島の上を揺れひとつ感じさせないまま前進する。

改めて見れば、この自動車にはエンジンがない。車輪は回転しているので、動力はあるはずだが、エンジンらしいものは見当たらない。そもそもエンジン音がしない。

こんな自動車なら、舗装道路を作る必要もないだろう。また道路がないなら、海軍の哨戒機か何かがこの環礁を飛行しても、基地の存在には気がつかないかもしれない。

そう考えると、猪狩の住居が外見上は不定形な理由もわかる。四角い建物が並んでいれば、明らかに人工物とわかるが、潰れた鏡餅のような不定形なら、自然の丘陵に見えるだろう。外壁が灰色なのもそのためか。

猪狩のその予想は当たっていたのか、前方に大きな建物が見えてきた。

最初は幅三〇〇メートルほどの丘陵かと思った。しかし、接近すると人工的に造られたものとわかった。それが彼らの建築方法なのか、その丘陵も何層にも素材が重ねられたような断面を見せていた。

そして、前方の建物の中に垂直に降下しようとしている飛行機の姿があった。

「あれはパイラか？」

「パイラではありません。パイラは地上と軌道上の間を繋ぐ往還機です。いま着陸したのはピルスです」

「ピルス？」

「単独では宇宙には行けませんが、大気圏内を移動するための乗り物です。小回りが利く、重宝な乗り物です」

言われてみれば巨大な円盤とは異なり、ピルスは丸みを帯びた箱型で、全長は三〇メートル、幅は二〇メートルほどと思われた。それなのにパイラと見間違えたのは、ピルスも箱の角に当たる部分に短い翼が付いていたためだ。

翼はパイラと同じく、同型の短翼が四枚だけだ。どうしてあれで飛べるのかはわからないが、座布団を連想させるその飛行機は着陸脚を展開し、垂直に降下している。

問題の建物は、自動車が接近すると、音もなく扉が開いた。幅が三〇〇メートルはあり、高さも三〇メートルはあるだろう。

　これが住居なら数千人が生活しているはずだ。最初、猪狩はそう考えていたが、建物の中に入って間違いであることを知った。

　その建物は、格納庫だった。

　扉の向こうには広大な空間が広がっていた。幅も奥行きも二〇〇メートル以上あり、天井もおそらくもっとも高いところで三〇メートル近いだろう。天井はかまぼこ型に湾曲しており、直径八〇メートルほどの円形のハッチが見えた。

　格納庫内には、二機のパイラと四機のピルスが駐機しているが、他にも着陸できるだけのスペースが空いていた。

「あの空いた場所にも何か着陸するのか？」

「ピルスが駐機します。今は出払っていますけど。やるべきことが多いですから」

　オリオン花子はそう言って、この拠点のピルスが五機であることを肯定した。これはなかなか重要な問題だ。

　大気圏内を航行するための飛行機が常に稼動中ということは、オリオン花子たちの活動はすでに世界各地に及んでいるか、少なくとも今いるような拠点が他にあることを意味するだろう。

自動車は、そうした中で格納庫の一番奥まった所に駐機しているピルスへと向かってゆく。それがいま着陸したばかりの機体だろう。

ピルスの周辺には、例の鼻と口のない人形が、四人ほど何かの作業をしていた。地面から伸びたホースを連結したり、何かの計測器を機体に当てているものなどだ。

人形は改めて見ると、ほとんど同じに見える。ただやはり人造人間の類でもないらしく、身長や体格などは微妙に違う、言い換えれば個性があるようだ。

気がつけば、猪狩たちとは別の六輪車両が、やはり問題のピルスに向けて接近してくる。ただその車両は完全に無人で、バスほどもありそうな箱を積んでいた。

その無人車が猪狩たちより先にピルスに到着すると、ほぼ同時に中から一人の人物が降りてきた。

広義のアジア人的な風貌の若い男で、オリオン花子の兄か弟といっても通用するほど似ていた。しかし、どういうわけか、男は浴衣姿であった。

オリオン花子の仲間が密かに日本社会に浸透し、活動していることはあるとしても、浴衣姿で出歩ける場所など、日本とてそれほど多くない。現在は戦時下であり、国民服を制定しようかというご時世なのだ。

猪狩たちの車両は、先に到着した無人車の真横にピタリと停車した。

「猪狩周一さん」

　オリオン花子は、目の前の男性にそれだけを告げる。その説明さえ、この二人の間には不要な気がした。むしろ二人のやりとりを猪狩に見せるために、会話を交わしているような印象さえ受けた。

「お会いしたいとかねがね思っておりました」

　男はそう告げると、無人車が運んできた箱の扉を開けた。電話ボックスのような構造らしい。そしてその箱の中に入ると、浴衣から背広に着替えて出てきた。客人が来る前に着替えておくという観念はないらしい。

　箱に入ったのは羞恥心の問題というより、箱に入るほうが効率的だからに思えた。

「改めまして、猪狩さん。オリオン太郎と申します」

# 3章　オットー研究

桑原茂一《くわはらもいち》海軍少佐にとって、二ヶ月ぶりのパリは、ドイツ軍の無血入城により建物こそ変わらぬ景観を維持していたが、そこの空気はまったく違っていた。

パリ市民が敗戦に打ちひしがれて……という話ではない。無論、戦争に負けたことは無関係ではないが、市民の多くは占領者であるドイツ軍を受け入れ、それなりに折り合いをつけて日常生活を続けていた。

この事実は、戦前のパリからダンケルク、さらには一時的なイギリスへの脱出と再度のフランス入国という、類《たぐい》まれな経験をした桑原にとっては最大の衝撃だった。

戦場の中で、ドイツ軍とあれほど果敢に戦ったフランス人たちが、いざ敗北し、戦争が終わるとなると、あたかも生まれた時からドイツ軍がそこにいたかのように、周囲の景観の一部として受容してしまう。

それでもフランス人による反独組織がレジスタンスとして、軍事的抵抗を続けているという話は耳にする。ただこれも噂ほど活発なのかはわからない。

ヴィシーに拠点を移したフランス政府、いわゆるヴィシー政府、ドイツ軍、そしてラジオで戦況を伝えるイギリス、それらの話すことはすべて食い違う。

ドイツ軍やヴィシー政府の関係者の話から判断して、イギリスのラジオが言うようにフランス人の大半がレジスタンスに加わっていることなどなく、多く見積もっても成人の一割未満だと桑原は思っていた。

それは桑原自身の経験による。彼は戦闘機搭乗員として日華事変にも参戦していた。日本軍の占領下で、中国人たちは日本人の支配を日常の中で受け入れていた。

それでも軍が宣伝するほど宣撫《せんぶ》工作は成功しておらず、陸軍にせよ海軍にせよ、将校が単独行動をしていると、翌日、死体で発見されることも少なくなかった。

つまりドイツ軍に占領されたフランス人の生活は、自分たちが占領していた中国人の生活と、同質のものなのではないか。文化や豊かさの違いはあれど、武力で支配された地域の人間は、多くがそれを受け入れてしまうのだ。

これは文化の違いなど超越した、人間の本性ではないか。桑原は思う。だとすれば、いまは強者であるドイツ人や日本人も、より強力な敵が出現すれば、その支配の中で日常生活を営んでしまうのか。

桑原がパリの景色に違和感を抱いた理由はもう一つあった。自動車の数が激減しているのだ。桑原は戦前からフランスの調査を行っていたので、自動車台数などについて基礎的な数字は把握していた。

ドイツ軍がパリを占領する前には、市内には三五万台の乗用車が走っていた。世界屈指のモータリゼーションの都市がパリである。

しかし、その道路を占領しかねない勢いだった乗用車の姿はすっかりまばらとなった。往時の一割から二割という印象だ。

それとは対照的に、ドイツ軍の軍用車両の姿が目についた。ただそれらにしても数は少ない。ドイツ軍が自動車化されているというのはプロパガンダであり、ごく一部の部隊を除けば、鉄道と馬車で移動する軍隊なのだ。

桑原の記憶では、フランス侵攻が始まる直前のドイツ軍は約一六〇個師団だが、機甲師団一〇個を含めても、機械化された師団は一割に過ぎない。

だから占領軍であるドイツ軍の軍用車がパリを闊歩しているといっても、かつての自動車の都の面影はない。

それを何よりも証明しているのが、今の自分だ。約束されたホテルに向かうのに、自分が乗っているのはタクシーではない、輪タクつまり人力タクシーだ。

簡単に言えば、自転車で座席のついたリアカーを牽引《けんいん》するような乗り物だ。言ってはなんだが、日本でさえこんな人力車みたいな乗り物は珍しい。東京あたりでも人や荷物を運ぶ三輪車は珍しくないが、それらにしても人力ではなくエンジンで動いていた。

聞いた話では、昔ながらの乗合馬車も輪タクと並んで市内を流していたそうだが、馬の餌代が馬鹿にならず、最近ではすっかり見かけなくなったらしい。

結果として市民の移動手段は限られる。パリ名物のメトロは立錐《りっすい》の余地のない満員状態、乗合バスは戦前には三五〇〇台あったものがガソリンの配給減少により五〇〇台に減り、しかも多くが木炭車になりつつあるという。

タクシーも同様となれば、選択肢はこの輪タクしかない。それさえも簡単には乗れなかった。

フランス人の知るアジアというのは、どうも植民地であるインドシナ半島程度であり、桑原は日本海軍の軍服を着用しているにもかかわらず、ベトナムの人間と間違われた。

それくらいならまだしも、アジア人を乗せてくれるような輪タクが少ない。ダンケルクで苦難を分かち合ったフランス人たちとは別人のようだ。

結局、倍の運賃を払って、今こうして移動している。人に会うだけならここまでする必要もないのだが、ドイツ軍占領下のパリがどんな場所か、それを知るための調査活動と思えば、腹も立たず、むしろ貴重な情報とさえ言える。

コンコルド広場でやっと拾った輪タクは、セーヌ川を渡り、ラスパイユ通りを南に降っていた。自転車くらいの速度で眺めると、パリの変貌はよくわかった。

まず市内の主要な建物は早々と接収され、ナチス党旗やドイツ国旗が掲げられている。中心部では交通標識もドイツ語表記だ。

そのことが示すように、市内はドイツ軍の軍服で溢れていた。ただ桑原はそこに戦争経済の一端を見ていた。分隊や内務班単位で移動する兵士たちが、パリの名所旧跡で記念写真を撮影するのは、勝者の権利のようなものだろう。

だが桑原は、その兵士たちのほとんどが紙袋を抱えていることが気になった。桑原もパリでの生活はそこそこ長い。だからそれらの紙袋が、いわゆる香水や高級衣料品の類であることはわかる。

つまりあのドイツ兵たちは、本国では入手不能の贅沢品をパリで大量に購入し、祖国の家族に送るのだ。ドイツ軍は精強だったが、そのためにドイツ国民が耐えている負担の現実をあの紙袋は示している。

そんなものを見ている中で、輪タクは目的地手前のマイヨール美術館で止まった。

「ついたぜ」

輪タクの運転手は不機嫌そうに言う。

「ここじゃないだろ」

桑原はフランス語で話していたが、アジア人が流暢《りゅうちょう》なフランス語を話すのも運転手には気に入らないのか、彼は地面に唾を吐く。

「ルテシアホテルはボッシュの犬の巣だ。行けるか、そんな場所」

運転手はそれだけ言えば十分とばかりに、桑原を追い立てると、そのまま来た道を引き返す。金は前払いだから取りはぐれはない。

桑原が向かったルテシアホテルは、現在、ドイツ国防軍のフランス駐留軍情報部がフランスにおける活動拠点としていた。

国防軍の情報部はゲシュタポとは別組織だが、秘密警察的な活動も行っており、パリ市民から見れば両者を厳密に区別するのは無意味な行為なのだろう。

そうした機関に対して、ボッシュの犬の巣とは相当酷い表現だが、占領されたパリ市民の感情としてはそうなるのかもしれない。

ただ輪タクの運転手の態度から見て、ルテシアホテルが市民から恐れられ、忌み嫌われているのはわかった。

マイヨール美術館からルテシアホテルまでは歩いても一〇分かからない。桑原は昼間でも人通りのまばらな道を進みホテルを目指す。

輪タクに乗っている時も感じたが、ホテルまでの道路を走る自動車は、ドイツ軍の車両であることを示すバルケンクロイツをつけたものが多かった。

装甲車両やトラックはドイツ製ばかりだが、乗用車はドイツ製が不足しているためかフランス車が多い。しかし、ルテシアホテルに近づくにつれ、伝令のためらしいサイドカーの姿も目についた。

通過する車両の兵士たちの中には、桑原にあからさまな好奇の目を向ける者もいた。それはそうだろう。見慣れない軍服を着たアジア人が、国防軍情報部の拠点に向かって歩いているのだから。

じっさいコンコルド広場に着くまでに、桑原は何度か身分証の提示を求められた。大使館付き武官とわかると、その態度は変わったが、やはり不審そうな表情は変わらない。何しろ桑原は陸軍ではなく海軍武官。ブレストの軍港ならまだしも、海軍武官がパリで何をしようというのか？

フランスは占領したとしても、ドイツ軍は今も戦争の最中にある。それだけにルテシアホテル周辺では、すっかりフランス人の姿は影を潜めている。

ホテルに到着すると、さっそく桑原を見咎《みとが》めた衛兵が近づいてくるが、それを側にいた軍曹が制止する。

「日本海軍の客人だ」

そんな説明が桑原には聞こえた。彼がヨーロッパのあちこちに送られたのも、類まれな言語能力のお陰に他ならない。英語はもちろん、フランス語、ドイツ語、スペイン語は、それらの国の軍人と議論できる水準であり、日常生活に困らない程度なら中国語も話せる。もっとも桑原も相手によっては、自分の言語能力を明らかにはしない。そこは信頼関係や任務の内容による。

「日本海軍の桑原茂一海軍少佐ですか？」

「いかにも」

桑原は、そうドイツ語で返答しつつ、身分証とは別に本部への入室許可証を提示する。

軍曹は桑原が日本海軍少佐であることを確認すると、敬礼し、ホテル内に案内する。

ルテシアホテルは、建物の造りこそホテルだが、今は町役場を思わせる。ラウンジは面影を残しているが、食堂や会議室だったらしい広い部屋には、机が並び、軍服を着た男女が書類を運んだり、タイプライターを叩いたりしている。電話のベルもあちこちで、切れることなく鳴っている。

そんな桑原を急かすように、軍曹はエレベーターへと案内する。いやしくも情報機関の中枢を外国軍の武官には見せ《せ》たくないということだろう。桑原にもそれはわかる。

エレベーターは七階に止まり、眺望の良い窓に面した広い部屋に案内される。軍曹は踵を合わせて敬礼すると、桑原を連れてきたことを告げ、すぐに下がった。

「貴殿が猪狩君から私との連絡を引き継ぐ、桑原茂一君だね？」

ヴィルヘルム・フランツ・カナリス国防軍情報部長はドイツ語でそう尋ねる。どうやら猪狩が桑原は各国語に長《た》けていると告げたのだろう。

「はい、そう承《うけたまわ》っております」

桑原もドイツ語で返答し、それにカナリスも満足したのか、上機嫌で席に着くよう勧める。室内は質の高い家具などが置かれていたが、カナリス自身は、それらを最小限しか使っていないように見えた。

ここへは仕事をしにきたのだから、寝る場所とスーツケースだけあればいい、そんな雰囲気がうかがえた。

「まず一つ、確認したい。貴殿の所属は在フランスの日本大使館なのか、それとも在ドイツの日本大使館なのか？」

「フランスです」

そう返答した桑原だが、内心は複雑だ。何しろフランスに戻ってから大使館にはほとんど顔を出していないからだ。それは桑原の問題というより、大使館そのものの問題でもある。

日本大使館は戦争前まではパリにあった。だがドイツ軍の侵攻によりパリ陥落が現実の話になると、澤田《さわだ》廉三《れんぞう》特命全権大使は、在仏邦人の脱出のための人員だけ残し、フランス政府とともに疎開した。

当初は、トゥール近郊のヴェルヌという町に腰を落ち着けていたが、フランスの敗北は覆い難く、すぐに政府とともに移動することになる。

ドイツとフランスが停戦を迎え、ヴィシー政府が誕生した時には、その隣町のキュセにあるド・プレール城の建物を借りて日本大使館を置いていた。

桑原自身もドイツ軍の侵攻のために、一度はイギリスに移動し、そこからドイツ占領下のフランスに移動することを強いられた。身分こそ戦争前と同じく在フランスの日本大使館の所属であったが、その大使館自体も移動中という状況では、連絡も難しかったのだ。

実をいえば大使館の分館として、数名の書記官や外交官補がパリに駐在していたが、在留邦人の帰還手続きや安否確認などで忙殺され、桑原の相手などしてくれる状況ではなかった。

「それで貴殿は猪狩君から、どこまで聞いている？」

「猪狩が見聞したことはすべて。U103の出来事も含め」

カナリス国防軍情報部部長は、その返答に満足しているようだった。無駄な説明が不要であるからか、あるいは猪狩の仕事ぶりになのかはわからない。

「それで、貴殿の意見は？」

そうした質問は桑原も予想していた。

「道具立ては新奇であり、現在のところ、あのようなものを製造できる国は知られていない。

正直、あのような高性能爆撃機や潜水艦を作り上げた連中の正体は不明です」

「貴殿は、イギリスで何か目撃したのか、桑原君？」

カナリスがその気になれば、イギリスに滞在していたことは、すぐに調べがつくだろう。ただイギリスでの話を知る者は限られている。となると、猪狩はそのこともカナリスに伝えたのか。桑原は心の中で渋面《しぶづら》を作る。

桑原がイギリスの情報として日本のブレーントラストに報告した内容は、すべてが直接目撃したものではない。もちろんすべて伝聞でもない。

彼が見たのは見慣れないイギリス軍の四発爆撃機が、機首に戦闘機をめり込ませながら墜落してゆくという場面だけだ。戦闘機はイギリス空軍のホーカー・ハリケーンだったが、それと比較すれば、爆撃機は大きすぎる気がした。

そこで彼なりに調べた結果、レーダーが反応したことで戦闘機隊が出撃し、四発爆撃機と遭遇。迎撃に出たのは六機の戦闘機だったが、そのうちの五機までが、爆撃機の防御火器で撃墜された。

残り一機に何があったかは人により証言が異なるが、撃墜された僚機と接触し、姿勢を崩して爆撃機と衝突するという偶然の結果であるらしい。

ただ桑原自身は、鎧袖一触《がいしゅういっしょく》で爆撃機が戦闘機隊を全滅させた場面は見ていない。それでも信頼できる複数の証言が得られたことや、証言を得た人物たちが翌日には一切この件について語らないことから、この話を重視したのである。

イギリス軍の新兵器試験の最中に、戦闘機隊との連絡ミスにより事故が起きたものと当初、桑原は解釈していた。だから日本に報告した時点で、桑原にはイギリスの新兵器開発を伝えるという意図があった。

そして情報の優秀な報告者として、推測は極力排し、事実関係だけを報告したのである。

彼の駐在武官としての情報収集の態度は、大使館の書記官らからは嫌われた。

彼らは自身の属する部局のシナリオに沿った情報だけを収集し、報告する傾向があるように桑原には見えた。典型的な事例が昨年の独ソ不可侵条約だ。外務省の人間たちは、独ソが手を握る可能性について一顧だにしなかった。

しかし軍人である桑原には独ソ不可侵条約も、さほどの驚きはなかった。ドイツに開戦意図があるならば、二正面作戦は絶対に避けねばならず、フランスとの戦争が不可避なら、ソ連とは戦争はできない。否応なく安全保障の枠組みが必要となる。

桑原はこの仮説に基づいて、年初来のヒトラーとスターリンの発言を分析していたが、不倶戴天の敵だったはずの両国指導者は、互いに相手への非難のトーンを緩め、むしろ英仏に対する非難が中心となっていた。

だから桑原は、独ソ間の休戦協定のようなものが締結される可能性を報告書にまとめて提出したが、それは日本には送られなかった。時の外務大臣はかつて日独防共協定を結んだ有田《ありた》八郎《はちろう》であり、独ソが手を握るなどあってはならないことだった。

これが影響したのか、大使館の事務方のどこかで桑原の報告書は「紛失」してしまったのである。

そして独ソ不可侵条約が締結され、日本では時の平沼内閣が「欧州情勢は複雑怪奇」との言葉とともに総辞職した。桑原から見れば、複雑怪奇どころか単純明快な話であった。

独ソ不可侵条約に関する桑原の「予言的中」は誰にも知られることはなかったが、彼の報告書は密かに閲覧されていたのか、一部の外務省関係者からは危険人物扱いされていた。

本来なら日本に戻ってもおかしくないのに在フランス大使館に駐在武官として置かれたのも、前線視察中に戦死することを期待されたという噂もあった。それでも彼はダンケルクでも生き延びたが。

桑原がブレーントラストのために働いている一因はそこにもある。日本の外交を外務省のチャンネルのみに委ねるのは、日本にとって危険と考えるからだ。

さすがに桑原も自分の経験だけから外務省を全否定はしない。ただ無条件で信頼できないのも事実である。外務省が失敗したときに、その失敗を補うためのチャンネルが必要だ。それがブレーントラストと桑原は理解していた。

それだけに猪狩が、桑原がもたらした情報までカナリスに与えたとしたら問題だ。むろんカナリスが猪狩から知ったとは限らないが、状況からその可能性は否定できない。

桑原がプロフェッショナルとして信頼していた数少ない人間の一人だっただけに、彼としては無視できなかったのだ。

「何を見たと言いますと？」

そう問い返す桑原に、カナリスはもういいと言うように手を振る。

「猪狩君もそうだったが、どうも日本人は猜疑心《さいぎしん》が強くていけない。言っておくが、国防軍情報部も遊んでいるわけではないのだ。イギリスの情勢については最大限の関心を払っておる。

我が国に現れたのと類似の爆撃機が戦闘機の体当たりで撃墜され、英仏海峡の藻屑と消えた。その程度のことは把握しておる。

そしてだ、状況的に貴殿も何かを目撃した公算が高い。だからこそ尋ねている」

さすがに猪狩は情報任務の何たるかを心得ている。桑原はそのことに、まずは安堵した。同時に、自分がなかなか難しい場面に置かれていることも理解した。カナリスはあの謎の爆撃機について知っていることは明らかにしたが、どこまで知っているかは開示していない。

いま桑原に語ったことが彼の知るすべてかもしれないし、知っていることの、ごく一部の可能性もある。組織の仕事は馬鹿にできない。

カナリスが知りたいのはイギリスに現れた四発機のことではない。重要なのは、桑原が彼から見て信がおける人間かどうかを見極めているということだ。

桑原がどこまで真実の情報を明かすのか。カナリスが知りたいのはそれだ。

猪狩の話によればカナリスは、日独伊三国同盟締結を阻止し、開戦を回避するための重要人物だ。そうであるならば彼の信頼を得ることこそ優先されるべきだ。

ただ桑原は、どう話すべきかには迷いがある。というのは、イギリスに現れた四発機はドイツや日本にも現れたというのだが、その辺の事情がさっぱりわからない。

猪狩や日本のブレーントラストの面々は、すべての情報から全体像を組み立てられるが、自分にわかるのはイギリスで起きた事件だけだ。

さらに機密保持の点では正しいのだが、猪狩は桑原に引き継ぎを行ったとき、ブレスト沖海戦やベルリン郊外の飛行場で見た光景は、すべてを教えてくれた反面、日本からの情報はほとんど教えてくれなかった。

相手が拷問で桑原から情報を得ようとする可能性も否定できない。親しげに見えてもカナリスはスパイの総元締めの立場にいるのだ。

それに猪狩自身も日本で起きていることの詳細は把握していないらしい。四発機の乗員を確保していることまではわかったが、そこから先の情報がない。

もちろん猪狩なりの分析や解釈はあるようだが、彼は確信が持てるまで、そうした考えは明かさない人物だった。だから桑原からカナリスに提供できる情報はかなり少ない。果たしてそれで彼は納得してくれるか、そこは賭けであった。

「私が見たことは一部ですが、自分なりに調べた全体像はこうなります」

桑原は自分が見たことと、調査で明らかになったことを示しつつ、彼の解釈した事件の全体像を述べた。

「ドーバー海峡のレーダーが、イギリスへの未知の爆撃機の侵入を防いだか」

カナリス部長の言葉の裏に、英独間の激しい航空戦の存在があるのは明らかだった。ドイツ空軍のイギリス侵攻は、当初の計画ほど順調には進んでいない。その原因の一つにイギリス軍のレーダーがある。それが情報部の結論らしい。ただ、その事実を情報部と空軍は効果的に共有できていないように桑原には思えた。桑原も短期間だが、ロンドンでドイツ軍機の空襲の洗礼を受けている。

桑原の分析では、航空戦が開始した時点で、ドイツ空軍がイギリス戦線に投入できる戦闘機や爆撃機の数は、約二七〇〇機あった。それを迎え撃つイギリス空軍の戦闘機隊というと、ダンケルクでの敗北の後遺症もあって、錬成中の人員も含めて一〇〇〇人程度という有様だった。

だから数の話をすれば、ドイツ空軍はイギリス空軍を鎧袖一触で壊滅させているはずだった。しかし、イギリス空軍の戦力は健在で、ドイツ空軍は損失ばかりを拡大している現実があった。

その理由は複数の条件が重なり合い、決して一つの要因だけで語ることはできない。それでもイギリス軍のレーダーシステムの存在が大きいのは間違いなかった。

「貴殿が我々の期待に応えてくれた以上、我々も貴殿に信頼の証《あかし》を示さねばなるまいな」

カナリスはそう言うと、マホガニー製の大きな机の引き出しから厚手の封筒を取り出し、中にあった数枚の写真を広げた。

「外見上はコンドルそっくりの四発機の写真だ。部品レベルまで入れれば、万単位の写真が撮影されているはずだ。これはその一部だ」

桑原との間に広げられた写真は、全体像は着陸地らしき飛行場で撮影されたと思われる一枚だけだった。他の写真は、おそらくは着陸した飛行場の格納庫と思われる場所のもので、主翼と胴体が分離されていた。

その主翼も左翼と右翼で分けられ、さらにエンジンもナセルから取り外されている。

フランス駐在武官だった桑原は、ドイツ軍機にそれほど詳しくはないが、少なくともそれが外観の上ではＦｗ２００に似ているのはわかった。機銃の位置などを除けば、ほとんど両者の違いはわかるまい。

「貴殿は、この機体がなぜ分解されているかわかるかね？」

桑原にはカナリスの質問の意図がわからない。調査のために分解している以外に何がある?

彼が質問に面食らっていると、カナリスはその答えを口にする。

「分解したが、組み立てられないからだ」

「何かを破損したとか?」

桑原はそう言ったものの、主翼も胴体も、断面は綺麗だった。ただごく一部に溶接に失敗したような、小さな金属の玉が見える。

「ある意味では、そうだ。分析によればマグネシウム合金だ。エンジン以外の機体のほぼすべてがな。

ただ、我々の知らない組成の合金であるばかりでなく、未知の加工が施されている。だから溶接機による切断は容易だったが、再結合が不可能なのだよ」

カナリスは一枚の写真を示す。桑原にはそれが何かわからなかった。一番近い形状を強いてあげるならエッフェル塔だ。金属製の骨組みが網のような形で螺旋を描き、塔のように上に伸びている。全体像はわからないが、写真で判断できるのはそこまでだ。

「これは切断した主翼の拡大図だ。低倍率の顕微鏡写真と考えてくれ。

どこの国でも飛行機を製造するとなれば、主翼と胴体は並行して製造し、最終的に組み立てラインで結合し、飛行機として完成する。

だが、この機体は違う。一本のネジもリベットも使われていない。この機体は主翼も胴体も切れ目のない、一体成形物なのだよ」

「猪狩は全幅で四〇メートルはあったと言ってましたが……」

「全幅四〇メートル、全長三〇メートルのこの巨人機は、翼と一体化した胴体からできている。だから主翼と胴体を切り離せば、元に戻すことはできない。人間の手足を切断できても、切断した手足は元に戻せないようなものだ。

そしてその翼や胴体の内部は、こうした微細な構造が何層にも織り込まれている。微細構造が胴体や翼にかかる応力を分散して逃す構造だ。だから軽量で強靭だ。驚くべきことに、機体全体が細胞レベルの微細構造で作り込まれているのだよ。

我々には、こんな機体は製造不能だ」

桑原は海軍航空隊の人間であったから、カナリスの話の異常さが理解できた。航空機の強度を維持しつつ軽量化するために、機体の部材に穴を開けるというのは、日本に限らずどこの国でも普通に行っていることだ。

しかし、こちらは細胞レベルと加工精度が違う。

「何者がこんな加工技術を？」

桑原はそれが最も気になった。残念ながら既知の加工技術では、この機体の製造は無理だ。

それは日本はもちろん、ドイツや他の欧米諸国でも同じだ。

「既知の国家体制には属さない何らかの集団。我々にわかるのはそこまでだ」

カナリスの説明は、桑原の疑問を増やすだけだった。

「秘密結社の類ですか？」

「ドイツの一部カルト集団は、アトランチスの末裔とか、アンタレスやアルデバランのような天体の聖霊などという戯言《たわごと》を信じている。

だが、この件に関する限り、この戯言も一概に否定はできない」

桑原にはカナリスの困惑がよくわかった。彼が言うドイツのカルト集団が具体的にどの団体を指すのかはわからないが、いずれにせよそれらは数百年の歴史を持つドイツ神秘主義の末裔だ。

そうした神秘主義団体の中には、近代的な言説を織り込み国家社会主義運動に迎合しようとするものも少なくない。彼らの天体の聖霊なる言説も、自分たちの信仰の正当性を装飾するために、科学の雰囲気を纏《まと》っているに過ぎない。

カナリスはそうしたカルト団体の戯言を信じているのではない。ただ可能性としてそれを否定できないほど、あの爆撃機を飛ばしてきた存在の正体がわからないのだ。

「我々の科学者の分析によると、あの飛行機を操縦していた者たちは、人間に似ているが人間ではない。

解剖しても、臓器配列が異なり、あまつさえ人工的な物体が埋め込まれていた。そこで念のために染色体も調べてみた。驚いたことに、彼らの染色体は三〇対、六〇本あった。そんな人間は知られている限りいない」

カナリスは封筒からさらに書類を取り出そうとしたが、中を一瞥《いちべつ》して、それをやめた。

「解剖所見の中には、興味深いものがあった。写真もあるが、それはやめておこう。腸内の排泄物のことだ。

私も今回のことで初めて知ったが、排泄物とは単純な食物残渣《ざんさ》ではないそうだ。もっとも多いのは小腸の剝離細胞、次が腸内細菌、三番目にやっと食物残渣がくる。

ところが、あの操縦員たちの排泄物は、小腸の剝離細胞と食物残渣だけでできている。腸内細菌もないではないが、無視できる水準だ。培養はできたが発育は思わしくない。環境が合わないようだ。

そしてここが重要なのだが、その細菌の分類同定には成功していない。新種か、さもなくば、この世界にはいなかった微生物だ。

他にも色々あるが、解剖所見は彼らが地球の人間ではないことを示している。そうであれば、消去法で彼らは宇宙からやってきたという結論になる」

桑原の驚いた表情に、カナリスはいかにも興味深いという表情を見せた。彼が爆撃機の搭乗員は地球外の存在であることを知らなかったのが意外だったようだ。

「我々の情報では、日本にも類似の飛行機が着陸したと聞いている。だが貴殿の様子では、その情報は嘘であるか、あるいは貴殿が何も聞かされていないかのいずれかのようだな」

カナリスは写真を封筒に戻すと、別の封筒を取り出した。

「彼らが何者か、ここで議論しても結論は出ないだろう。ただ一つ言えるのは、既存の国家に属さない強力な勢力が密かに各国への接触を試みているとき、列強が戦争を続けるのは国家にとって致命傷になりかねん。

まして、現状より戦線を拡大するような動きは、亡国への道を進むようなものだ」

「それは英独停戦ということですか？」

国防軍の高官の発言だけに、桑原も身を乗り出す。猪狩からは、カナリスの意図がアメリカやソ連との戦争回避にあるとは説明されていたが、イギリスとの関係についてははっきりとは聞いていなかった。それについてカナリスは説明するのか。桑原はそれを期待したが、話はそれよりも深刻だった。

「貴殿は、ドイツがソ連と戦端を開く可能性があると思うかね？」

それはドイツ国防軍の情報部部長が、軍人とはいえ日本人に尋ねるという点で、すでにありえない話であった。彼は何を意図し、なぜこんな話をするのか？

「可能性という次元の話であれば、いずれ貴国とソ連は戦端を開くことになると思います」

桑原はここは逃げないこととする。言い逃れで誤魔化せる相手ではないことは、会った時からわかっている。

「根拠は？　独ソ不可侵条約があるのは知っているね？」

「存じております。しかし、ヒトラー総統の東方植民の話も自分は存じております。ドイツの国民をロシアなどの広大な土地に入植させ、自給自足可能な国を作る。

それがヒトラー総統の最終的な政治目的であるなら、独ソ不可侵条約はフランス占領までの時間稼ぎだったと考えられます」

「貴殿はなかなかシニカルなものの見方をするのだな」

「閣下はどうお考えなのですか？」

だがカナリスは、桑原の質問にはこたえない。その代わり、新たな封筒から何枚かの写真を取り出す。それは、桑原も知っているドイツ国防軍の参謀総長フランツ・ハルダー上級大将であった。他の写真についてはわからないが、どうやら参謀本部のハルダーのスタッフらしい。陸軍大佐の襟章をつけた軍人も複数いるようだ。

「ドイツの国家社会主義運動はナチスが始めたわけではない。それを待望する国民世論があり、ただナチスの連中が、他の団体よりも国民の欲求を上手に汲み取っただけだ。

だから、すべての国家意思はナチスが決めたとは必ずしも言えんのだ。

ただ、国民運動からナチスのような国家体制が生まれたとしても、そうした国家機関は、まさに国家機関であることが自己目的化する。

要するに、国民の欲求からナチスという機械が誕生したが、その機械の働きは、作り上げた国民の欲求とは別の目的で動き出す」

桑原はカナリスの考えを興味深いと思った。カナリスをはじめ、ドイツ国防軍高官には地方貴族の家柄の者も多い。そうした出自の人間たちからすれば、国民運動や大衆運動というものが、胡散臭《うさんくさ》いものに見えるのだろう。

だが、カナリスの考えはそれだけではなかった。

「ヒトラーの東方植民構想を貴殿は指摘したが、ソ連、いやロシアに対する反感があればこそ、ドイツ国民はそれを支持した。

このことは何を意味するか、貴殿にはわかるかね？」

「ナチス以外にも東方植民や対ソ戦を考えている勢力があると？」

その勢力とはドイツ国防軍だろう。そうでなければハルダー上級大将の写真がここにある理由が説明できない。

「貴殿はわかっているようだな。

そうヒトラーの意思にかかわらず、ドイツ陸軍首脳は対ソ戦の準備を始めている。貴殿には教えよう、ヒトラーは三週間前にほぼ対ソ戦の腹を決めた。だが陸軍首脳はそれよりさらに一ヶ月前から対ソ戦の研究を始めている。正確な開始時期ははっきりしないものの、どうやら研究自体はフランスの降伏前から行われていた節さえある。

オットー研究、それが彼らの対ソ連侵攻計画の名前だ」

「陸軍首脳がですか？」

「陸軍参謀総長とそのスタッフだ。編成課長のヴァルター・ブーレ、第一八軍参謀長のエルリッヒ・マルクス、その他数人、それだけだ」

桑原はどう考えても、ドイツ軍の機密事項を自分に教えるカナリスの真意がわからなかった。単純に善意とは思えない。何かの目的で自分を利用しようとしているのは明らかだ。

同時に、何某《なにがし》かの目的のためにカナリスが日本人の自分まで利用しようとしている、危機感の理由もわかってきた。

ヒトラーは全軍を掌握するために、自身を最高司令官とする国防軍最高司令部（OKW）を組織した。カナリス海軍大将を長とする国防軍情報部もここに属する。

そしてこの下に陸海軍の総司令部が就くのが、ドイツの軍事機構である。ただ陸軍国ドイツにおいてドイツ陸軍総司令部（OKH）とOKWの関係は、必ずしも明確ではない。整然とした上下関係ではなく、陸軍部隊を作戦に従事させるにあたり、OKWとOKHで役割分担をしているのが現実であった。

それだけにOKHがOKWの与《あずか》り知らぬところで、対ソ戦の準備を進めていたというのは大問題だろう。ヒトラーが対ソ戦の準備を命じる前に、陸軍が動いていたわけなのだ。

「ヒトラーさえ知らぬのだから、貴殿も知らぬだろうが、フランス駐留の精鋭部隊一五個師団の第一八軍がポーランド方面に移動している。

名目上は陸軍部隊の再編と、西部戦線に派遣した部隊を元の駐屯地に戻すためということになっている。

一部については国境防衛を口実にしておる。ソ連軍が部隊を西方に進めたためだとな。しかし、彼らの拡大は不躾《ぶしつけ》ではあるが、独ソ不可侵条約の秘密議定書で決められた枠内での行動だ。しかし、第一八軍そのものは、ソ連軍より先に移動を開始しておる」

桑原はその話がいささか信じ難かった。日本では師団や軍規模の部隊の移動は天皇の裁可がなければ行えない。それが統帥権による軍令事項であるからだ。

ドイツは日本と違うとはいえ、参謀総長が勝手に部隊は動かせない。仮に動かすなら徹底した情報統制が必要なはずだが、カナリスが事実関係を掌握している時点でそれも失敗だろう。

「第一八軍をハルダー上級大将が勝手に動かすのは、問題にはならないのですか？」

「当然の疑問だ。どうもハルダーらは、いささか自信過剰なところがある。彼らは自分たちは完全な情報統制を行っていると思っていたらしいが、第一八軍ほどの部隊を移動して、誰にも気づかれないはずがない。

例えば移動目的地とされる東部地域では、突然の大部隊の移動に宿舎の手配もできないという悲喜劇さえ起きている。

本来なら、こうした大規模な部隊の移動はヒトラーの総統命令がなければ行えない。だがハルダーの巧妙なところは、総統による陸軍部隊の再編命令を口実に部隊を動かしていることだ」

カナリスは戦線拡大阻止を日独共通の利害関係として、その連携を図るための密使として猪狩を活用した。それは桑原も、猪狩との短時間の接触で了解していた。

だが、今ここでドイツ軍の最高機密事項を自分に話すのはなぜなのか？　桑原にはそれがわからない。

「どうして私が貴殿にこんな話をしているか、疑問に思っているのではないかね？」

「はい」

桑原は正直に答える。

「当然だ。私も猪狩君が日本に戻っていたら、貴殿には別の話をしただろう」

「ちょっと待ってください！　猪狩が日本に戻っていたらというのは、どういうことでしょう？　彼は遅くとも、二週間前には日本に戻っているはずです」

「わかっている。シベリア鉄道での帰路で切符の購入に便宜を図ったのは私だからな。猪狩君から説明を受けた旅程では、七月二二日にベルリンを出て、八月五日には大連に到着するとなっていた。しかし、到着したらドイツ大使館に連絡する手筈であったのに何の連絡もない。

大使館員が密かに元禄通商に問い合わせているが、彼らも所在は知らないようだ。ただ満洲里からの電報では、やはり大連には八月五日に到着していなければならない。

しかし、この電報以外に彼の活動を示すものはないのだ。ならば猪狩君の身に何かあったのだ。その驚きようでは、貴殿も猪狩君の行方不明は本当に知らなかったようだな」

桑原は頷くしかない。

「手がかりは何もないのですか？」

「三国同盟を結んでいるならまだしも、現状では戦時下の日本で外国人にできることには限度がある。

どうも情報が錯綜しているのだよ。満鉄で移動中にハイラルの手前で行方不明になった、関東軍に逮捕されたという説もあれば、ゲリラに誘拐されたという情報もある。

ただ国境を越えた様子はなく、ならば今も満洲のどこかにいるだろう。それとて仮説に過ぎぬがな」

桑原には、カナリスの言葉をどう解釈すべきかわからない。ゲリラというのは匪賊《ひぞく》のことだろうが、可能性としてはありえる。ただ関東軍となれば、何某かの謀略に巻き込まれた可能性が高い。

明らかなことは、カナリスはすでに猪狩は死んだものと考えている。だから桑原にこんな話をしているのだ。

「閣下は私に、このことを日本に伝えろと？」

「国防軍最高司令部はヒトラーの指示で対ソ戦の研究を始め、陸軍総司令部はオットー研究を提出している。この状況では公式な外交ルートを使うわけにはいかん。我々は独ソ戦を回避せねばならんのだ」

「ですが、誰に伝えろと？」

「貴殿の属するルートなら、米内総理に繋げることができるはずだ。極東域で日本陸軍が独ソ戦に中立的立場をとる。それが明確化されるだけでも当面の戦争回避につながる」

だが桑原は疑問だった。日本陸軍が動かない程度のことで、ドイツ陸軍やヒトラー総統のソ連侵攻を阻止できるとは思えない。なので彼は、そのことをカナリスに質《ただ》した。

「だから当面は、と言った。

実を言えばハルダー上級大将の提案は無条件では受け入れられていない。国防軍最高司令部にとってはオットー研究など寝耳に水だ。対ソ戦のための準備などしてはおらんのだからな。

ハルダーたちのオットー研究を実行してはならぬ理由はここにもある。

先のポーランド戦で、我々はポーランドの交通インフラを破壊した。そしてそれはまだ十分な復旧ができていない。鉄道然り、橋梁然りだ。

この状態でソ連に向けて大規模な侵攻などできはせん。第一八軍の移動に伴う混乱が、宿営地の不足程度で収まっているのも、皮肉にもこれが理由だ。

駐屯地であるポーランド方面の交通インフラの不備が、第一八軍のような大部隊の移動を許さない。現場での軋轢《あつれき》は幸いにも限定的なものにおさまっている」

「具体的に、ソ連侵攻はいつになると？」

「おそらく作戦の実行は来年の六月前後となるだろう。

　そこでだ、仮にそれまでの間に東アジア情勢が変わり、アジアの資源が日本経由でソ連に流れる貿易構造ができたなら、ドイツにとって対ソ戦のハードルはとてつもなく高くなる。

　一方で、独ソ戦を行わず、アジアの資源が日本からシベリア鉄道経由でドイツにもたらされるなら、なおさら開戦の可能性は低くなるだろう」

　桑原はそこに含まれる前提が気になった。

「閣下は、イギリスは降伏しないと？」

「航空機がいかに進歩しても、戦争の本質は変わらん。歩兵が土地を占領する。それが戦争での勝利というものだ。

　ゲーリングが何を豪語しようとも、航空戦だけでイギリスは屈服しない。そしてドーバーを越えて歩兵が前進するには、時間と資源が足りぬ。そしてアジアには、海上封鎖されているドイツにはない資源がある。そう、構図は単純だ」

　カナリスの構想は、日本というよりドイツにとって好都合な内容だった。ただそれを論難するつもりは桑原にはない。ドイツの軍人がドイツを優先するのは当然だろう。自分だって日本のメリットの多寡で判断するからには同じだ。

それでも桑原は、概《おおむ》ねカナリスの提案には従う腹は決めていた。多分、これからシベリア鉄道経由で日本に戻ることになろうが、それだけの価値はある。

経済の専門家である猪狩によれば、去年の日本の輸入は、満洲や中国からは二三パーセントにすぎず、残りの七七パーセントは第三国である。このうちの六二パーセントがアメリカ、イギリスによるものだ。しかも、世界大戦によりイギリスからの輸入が減少したことで、アメリカからの輸入は五二パーセントに増大したという。

輸入依存度の高さは日華事変による軍備拡大の影響が大きい。それが意味するところは、対米関係の悪化は日本の衰退を意味するということだ。

陸海軍には対外的に「対米開戦も辞さず！」と威勢のよいことを言う軍人もいるが、彼らも部内では方法論は違えど対米戦の回避を考えている。

それはそうだろう。戦争資源をアメリカから入手しているのに、そのアメリカと戦争などできるはずもない。ただそれだからこそ、逆にアメリカの対日強硬策は、軍部などには反感よりも、むしろ恐怖にも近い感情を持たせてしまうのだ。

だがカナリスの構想に乗れば、日本の対米依存度は下げられる。ドイツやソ連がアメリカに置き換わらないにせよ、依存度が下げられることは、対米交渉には有利だ。

特に、ドイツとイギリスの戦争が長期化するならば、アメリカはイギリスを支援するために、資源提供国として日本との妥協という状況を作り出せる。

むろん日華事変の早期解決など、為すべき作業は多いが、現状を打開する方向性は見えてくる。

「お話はわかりました。引き継ぎなどもありますし、帰国に関しては小職の一存では決めかねますが、可能な限り閣下の意に沿う方向で進めたいと思います」

当面はイタリアの日本大使館にいる平出清《ひらできよし》に連絡をつけることだ。桑原は可能なら一両日中にはパリを発ちたいと思った。ここから日本までシベリア鉄道経由で半月はかかるだろう。

しかも、国際環境の変化は早い。一日の遅れが命取りにならないとも言えないからだ。

それはカナリスもわかっているのだろう。彼はとんでもない提案をしてきた。

「貴殿も本国からの連絡を待っていては無駄な日数を過ごすことになるだろう。また面倒な連中の横槍も避けたい。そこで提案がある」

「何でしょうか？」

「国防軍情報部部長の権限で、貴殿をここでスパイ容疑で逮捕し、飛行機でベルリンまで移動する。それから望ましからざる人物として国外退去してもらう。明日の今頃には、ドイツ国境を越えていよう。大使館からの抗議はあろうが、そこは私からヴィシー政府経由で然るべく対処をしておくので安心してくれ」

「逮捕ですか……」

確かに非常識な手段だ。一瞬、本当に逮捕されるのではないかとも思ったが、逮捕するだけなら今までのやりとりなど無駄な手間ということになる。

それにドイツ軍に逮捕されたとなれば、親衛隊もゲシュタポも、レジスタンスさえも、あえて手を出そうとはしないだろう。

「小職は親から、正義と真実の人として生きよと教えられてきました。だからこそ軍人を志したのですが、まぁ、長い人生、逮捕されるのも一興でしょう」

「猪狩君が言っていた通り、話のわかる人間で良かったよ」

それから桑原はバルケンクロイツをつけたルノーの乗用車に乗せられ、飛行場へと向かう。演出とわかっていても、手錠をかけられるのは気持ちの良いものではなかった。

後部席の真ん中に座らされ、両側をドイツ兵に挟まれる。ただ一人は、ルテシアホテルで彼を出迎えた軍曹だった。

もしかしたら桑原の思惑にかかわらず、カナリスは自分を逮捕し、日本に送り返すつもりだったのではなかったか？　そう思いたくなるほど飛行場は準備万端だった。

自動車はそのまま滑走路に向かい、Ｊｕ５２輸送機の前に止まる。

「失礼をいたしました。ご容赦ください」

軍曹はそう言いながら、桑原の手錠を外す。そして桑原だけが飛行機に乗った。

「君は乗らないのか？」

「これに乗るのはあなただけです。ベルリンで別の者が引き継ぐ手筈になっております。それでは良い旅を」

「ありがとう」

桑原はＪｕ５２に乗り込む。すぐにエンジンが始動し、彼は慌てて席に着く。

Ｊｕ５２は旅客輸送なら一八人を乗せられるが、客室には桑原しかいない。軍曹からは車を出るときに小さな雑嚢《ざつのう》を渡された。中には黒パンと水筒、他に携行糧食のチョコレートとビスケットが入っていた。

パリからベルリンまで直線でも八八〇キロはあるから、飛行時間は四時間以上にはなる。話し相手もいないなら、雑嚢のパンを食べるくらいしかすることもない。あとは景色を眺める程度か。

空は雲が多かった。だから景色といっても地上は見えず、どの辺を飛んでいるのかわからない。

すでに夕刻に近い。雲の上を飛ぶＪｕ５２の周辺はまだ明るいが、地面には夕闇が迫っていた。

「飛行機か？」

現在位置はおそらくベルギーかルクセンブルクの上空だろう。空に太陽光を反射しているものがある。最初は月か金星と思ったが、それは移動していた。

つまり比較的高い高度を飛行する爆撃機か何かに、太陽光が反射しているようだ。ドイツからイギリスの夜間爆撃に向かう編隊とも思ったが、単独で飛行しているようだ。

それは桑原の乗るＪｕ５２に接近してきた。しかしＪｕ５２の方は、それが見えているはずなのに特に針路を変えるでもない。

国境に近いので、警護の戦闘機がエスコートしてくれるのか？　最初はそう思った桑原も、接近してきた飛行機に目を疑った。

それは桑原の知るいかなる航空機にも似ていない。円盤状の形態に、操縦席らしい突起と、四方向に放射状に短い翼が伸びている。こんな形状で飛べるのか？

しかし、驚くのはまだ早い。その円盤型の飛行機は、Ｊｕ５２の横を、まるで桑原に姿を見せるように並走する。たまたま円盤にＪｕ５２の影の一部が映り込んだが、それは全幅三〇メートル近いＪｕ５２のさらに倍近い直径を持つようだ。

それはやがて桑原の視界から消えた。そして金属が触れ合うような音。そこでＪｕ５２のエンジンが停止する。ただし、飛行機は高度を維持していた。

まるで鷹が獲物を捕まえるかのように、Ｊｕ５２は円盤により自由を失った。

桑原は急いで、操縦席のドアを開ける。操縦士なら何か知っていると考えたからだ。

「何だ、お前ら！」

そこには鼻も口もない、耳にレシーバーを付けた二人の異形の者が、操縦桿を握り、桑原の方を見ていた。

# 4章　新体制運動

行方不明になったオリオン太郎がタクシーで戻ってから数日後の八月二五日。

オリオン屋敷に詰めている秋津は、海軍の自動車で現れた武園からドライブに誘われた。むろんそれは内密の話という意味だった。

オリオン屋敷を出て自動車は山道を上り、海に面した崖に出る。これ以上は自動車は進めない。

「タバコでも吸っててくれ」

武園はそう言うと、運転手を外に出した。

「信用していないのか？」

そう尋ねる秋津に、武園は厳しい表情を見せる。

「信用するしないという問題じゃない。奴に話を聞かれなければ、情報が漏れた時、あいつを漏洩《ろうえい》元から除外できる。それだけのことだ。

　今は赤レンガ（海軍中央官衙《かんが》の俗称）の情報漏洩に関しては疑ってかかる必要がある。電話とて盗聴を前提に考えねばならん。そうなれば、こうして限られた人間だけで会うしかない」

「で、どうなった？」

　秋津は早速、本題に入る。

「まず、満鉄に問い合わせた。ハイラルの手前で猪狩が乗っていたはずの列車が停止している。線路が匪賊《ひぞく》に破壊されたとのことだ。そこに鉄道警備の関東軍の装甲列車が現れ、入江《いりえ》とかいう陸軍将校が逮捕され、同室の猪狩も連行された」

「ちょっと待ってくれ。関東軍は猪狩さんのことなんか知らないんじゃなかったのか？」

「正確にはそのような事件の存在そのものが確認できないと否定された。

　だが、色々調べると、どうも関東軍が関わっていた可能性は否定できん」

「すると、猪狩さんは関東軍の駐屯地に幽閉されているのか？」

「そう単純な話ではないようだ。列車の車掌が満鉄警備総隊の滝沢《たきざわ》という軍曹を覚えていた。

だが滝沢は匪賊との戦闘で殉職していた。そこでその場所を調べたら、近くに、三八式歩兵銃が捨てられていて、それを分析したら猪狩の指紋が出た」

「死体が見つからないからには、猪狩は無事である可能性を否定できない。しかし、無事ならどこにいるのか？　匪賊に囚われているのか？」

「その辺に顔の利く有力者を介して調べたが、そんな日本人はいなかった。ただ地元民が興味深い話をしていた。陸軍の爆撃機よりも巨大な飛行機が、猪狩が行方不明になった日に、平原に着陸するのを目撃したそうだ。しかも、その飛行機はプロペラ六個、つまり六発飛行機だ。いうまでもないことだが、本邦にこんな飛行機はない。ソ連にも、中国にもだ」

「まさか……オリオン集団に拉致された！」

「だとすると、その意味するところは重要だ。オリオン太郎は行方不明の数時間の間に猪狩に会ったことになる。つまり彼らの拠点は日本国内にある。

「消去法で行けばそうだ。ただ大きな問題が一つある。猪狩が列車から関東軍に連行された七、八時間後に、台北の上空を飛行する六発機が目撃されている。技研の電波探信儀が早期に発見し、迎撃戦闘機が出動した。だから目撃の精度は高い」

電波探信儀という言葉に秋津は聞き覚えがあった。そう、海軍技術研究所の谷恵吉郎《たにけいきちろう》造兵中佐が研究していた機械だ。どうやら実用段階を迎えたらしい。

「戦闘機は無事だったのか？」

「無事だ。六発機は発砲しなかった。というより戦闘にならん。相手は高度一〇〇〇〇メートルを飛行していた。海軍の戦闘機は、そんな高度には到達できん。

さらに戦闘機隊と電波探信儀によれば、この六発機は時速六〇〇キロ以上で飛行していた。そんな飛行機は世界に存在しない」

「例の四発陸攻の仲間か？」

「オリオン集団が四発機しか持っていなかったとしたら、そっちの方が驚きだろう」

武園の言う通りだと秋津も思う。日本海軍にも用途によって多種多様な飛行機が存在する。同様にオリオン集団も多種多様な飛行機を用いても不思議はない。

「電波探信儀は六発機が飛んできた方向を捕捉していた。それを信じるなら、南京方向からやってきたことになる。調べたら台北で目撃される二時間弱前に、やはり六発機が目撃されていた。これが同じ機体なら、速度はやはり毎時六〇〇キロを超えている」

「おい、高度一〇〇〇〇メートルを飛行している機体をどうやって目撃する？　電波探信儀でもあったのか？」

秋津の問いに、武園はポケットから写真を取り出す。

「飛行機雲だ。台北でも目撃されたが、エンジンからの水蒸気により生じるものらしい。機体もエンジンも見えないが、航跡は六本ある」

「猪狩がこの六発機に乗っていたとして、台北からどこに向かった？」

「台北の電波探信儀によれば南東方向にそのまま飛んでいった。

満洲から台湾までざっと三〇〇〇キロ、追浜《おっぱま》の四発陸攻は五〇〇〇キロ飛べると推定されている。六発機が同じ航続力と仮定すれば、さらに二〇〇〇キロは飛べる。台湾から二〇〇〇キロとなれば、南洋諸島のどこかということになる」

秋津はざっと計算するが、そこに大きな問題を認めた。

「今の話が正しいとすれば、オリオン集団の拠点は南洋諸島にあることになる。猪狩さんもそこにいるだろう。日本からの距離は二五〇〇から三〇〇〇キロほどか。往復で五〇〇〇から六〇〇〇キロだ。

しかし、オリオン太郎が行方不明だったのは、八時間程度。

時速六〇〇キロで飛行しても、間に合わない。横浜からのタクシー移動は事実なのだから、そこから一時間は差し引くわけだからな」

「科学者として、この事実をどう考える？」

武園はやや挑戦的に尋ねる。確かにこの矛盾は問題だ。やっとオリオン集団の拠点への手がかりが摑めたかどうかという大事な局面だ。武園としては矛盾なく場所を絞りたいはずだ。

「どう解釈するも何も、オリオン集団の拠点が近いか、飛行機の速度が六〇〇キロ以上であるか、どちらかしかないだろう」

「で、科学者としては、どちらだ？」

「連中は人工衛星を持っている。あれは毎秒七キロ以上、時速にすれば二万五〇〇〇キロ以上の速度で移動している。それが可能な技術があるなら、南洋諸島まで八時間で往復するなど朝飯前だろう」

秋津の言葉に、武園は「やはりな」と呟く。どうやら武園なりに計算していたらしい。

「たぶん天文学者のお前の言う通りだろう。だとすれば非常に厄介だ」

「厄介って何が？」

武園は、自分の言葉の意味が親友の秋津に伝わらないことに心底驚いているようだった。

「お前の言う通りなら、オリオン集団の飛行機は、高度一〇〇〇〇メートル以上を、音速以上の速度で飛んでいることになる。七月に帝都に現れた六機の陸攻の比じゃない。

帝国陸海軍のみならず、世界のどこの空軍力も、そんな飛行機は撃墜できない。それどころか、この飛行機の速度は砲弾に匹敵する。

わかるか？　この飛行機からリベットの一本もぶつければ、戦艦の装甲に穴が開く」

秋津は人工衛星の毎秒七キロ以上という速度を、砲弾との比較ではまるで考えていなかった。しかし、指摘されればその通りだ。

大砲で最も速度が速いのは対戦車砲で、その速度は毎秒一〇〇〇メートルと聞いたことがある。だが人工衛星の速度はその七倍以上。運動エネルギーに換算すれば、砲弾質量が同じなら五〇倍は違うだろう。

「こんな手間をかけてお前と話さねばならない理由がわかっただろう」

武園はそう言ったが、秋津には漠然としかわからない。それを表情から察したのか、武園は言う。

「オリオン集団が持つ潜在的な軍事力は、我々の想像を絶している。連中が何者であれ、また兵力が過小であれ、行使できる力は、大都市一つを容易に灰塵にできるだろう。

だが連中は、現在のところ大使館開設しか要求していない。無慈悲に戦闘機隊を全滅させ、戦艦、空母を轟沈する相手に人道など通用しまいが、しかし、単純に交戦的とも言えん。どうにも行動に一貫性がない」

「それに関して言えば、ずっと気になることがあった」

秋津は今まで気にしていた疑問を武園に話す。そうすることで考えがまとまる気がしたためだ。

「オリオン太郎は自分たちが圧倒的な力を見せるなら、人間は大人しく要求にしたがうものだと言っていた。そして自分たちの大使館を要求している。

おかしいとは思わないか？　都市一つを廃墟にできる力を彼らが持っているとしてだ、どうして我々に大使館設置の許可を要求する？

そんなことをしないで適当な建物を占拠するか何かすればいいじゃないか？　武力で日本を支配できなくても、瀬戸内海の島ひとつくらいなら占領できるだろうし、そこを大使館にしてもいい。

だが、彼らはあくまでも我々に大使館開設を認めさせようとしている」

秋津の指摘に、武園もしばらく考え込んでいた。

「オリオン太郎は中途半端に我々の世界について知っている。

秋津、お前に確認して欲しいことがある。オリオン太郎は日本の法律を守るつもりがあるのか？」

「あえて法律を犯そうとはしないんじゃないか？」

「いや、そんな話をしてるんじゃない。オリオン太郎が本人の主張通りに宇宙からやってきたとする。だとするとだ、奴は法律が前提としている人間であるかどうか、非常に厄介な問題が生じる。

軍艦や戦闘機を一方的に攻撃した。人間なら法律の裁きを受けることになる。だが人間でないなら猛獣か自然災害扱いだ。つまりだ、法律で定義されていない存在は、法律では裁けない」

「外国人扱いなら？」

そういう秋津の意見は、武園に瞬時に反論される。

「オリオン集団を主権国家と認めた国はない。それに下手にオリオン集団を国家として認めれば、日本を含めて列強は植民地を維持している根拠を失う。民族自決主義は扱いを間違えるなら、内政における爆弾となることを忘れるな。

話を戻すなら、彼らが大使館開設の許可を求めるということはだ、少なくとも大使館運営に関する法律には従うという意思表示と考えられる。彼らは勝手に大使館を設置できるだけの力があるのにだ」

秋津は武園が言わんとしていることがわかった。オリオン太郎たちを法律に従わせるために、地球の法律を適用できる存在か否かを定義するのは、哲学的な問題は無視しても難題だ。

　だが、オリオン集団が自ら法律の枠内で大使館という形で社会参加するならどうか？　人間とは違う高等生物だから、純粋な法理学では受け入れ難いかもしれないが、彼らもまた法治国家の枠内に留めることができる。

　それどころかオリオン太郎たちが人間とは異なるからこそ、彼らを主権国家と認めても、民族自決による植民地独立などの問題を回避することさえ可能だろう。

　もっとも秋津は植民地の問題については深く考えたことはない。朝鮮に行っても台湾に行っても、日本語は通じるし、彼自身は不都合を感じたことがないからだ。この問題について何かを語れるほど、彼は知識も関心もなかった。それよりもオリオン太郎だ。

「あるいは、奴らの行動を我々は大きく読み間違えていたのかもしれんな」

　武園は何かの可能性に気がついたらしい。

「大使館開設が、オリオン集団が人間社会の法律に従うことへの意思表示とすれば、逆に大使館がない状態では、法律に従う義務も負わないので、軍艦を撃沈し、戦闘機を撃墜できる。そういう理屈も成り立つ。無法者、いや法律の枠外にいる集団を法律に従わせたいなら、大使館を開けということだ。

　力を誇示して従わせるという言葉の意味を我々は十分深く理解していなかった。従わせるとは、法治主義というか、我々の法律の枠内で行動の自由を保障しろというのが真意かもしれん」

秋津は武園の意見を面白いとは思ったが、全面的には同意できなかった。

「人類の歴史をオリオン集団に当てはめるのは、必ずしも妥当ではないかもしれないが、彼らに強大な力を行使できる能力があるとしたら、自分たちが人間の法律に従うのではなく、自分たちの法律に人間を従わせようとするのが自然じゃないか？

自分たちが人間の法律に従いたいから大使館を要求するというのは、僕には不自然に思えるな」

「まぁ、民間人のお前には不自然かもしれんな」

「軍人なら自然だというのか？」

武園はうなずく。

「海軍省や軍令部で、予算内での発注調達業務に関わればわかる。海軍だけでなく、陸軍もだ。

お前、大陸の陸軍部隊が物資をどうやって確保しているか知ってるか？」

「日本から船や鉄道で運ぶんじゃないのか？」

秋津には他に思いつかない。

「確かに武器弾薬は日本から運ぶ。しかし、野菜やら何やら日本から運ばずに現地で調達したほうが効率的なものも多い。

そういう場合、軍はどうするかと言えば、現地の業者に発注する。経理主計が地元農家にトラックで乗りつけて軍票で野菜を買い付けはしない。業者に発注して、彼らから買うわけだ。

オリオン集団もたぶん同じだ。奴らの目的はわからんが、ともかく大使館経由で日本の社会機構を利用するのが、目的達成のために一番手間がかからない。そういうことじゃないか」

「前に武園は、オリオン太郎は大使館を設置して、カピチュレーションだっけ、特権を拡大しながら社会を乗っ取るようなことを言っていたよな。あれは、どうなんだ？」

武園は珍しく弱気な表情で答えた。

「あの時は、オリオン集団を人数が少ない弱者だと思っていた。人類の歴史の中で、カピチュレーションは弱者が強者の中で生き残る戦略だった。積年の中で両者の勢力は逆転し、強者は欧米の植民地となってしまったがな。

だがオリオン集団は弱者ではなく強者だった。もちろんやはり人口は少ないのかもしれないが、圧倒的な火力を持っている。だから奴らが我々を支配する意図があったなら、向こうから頭を下げて、大使館を開かせてくれと頼んでくる必然性はない」

「オリオン太郎たちは平和主義ということか？」

「その結論は早計だろう。奴らはすでに二隻の軍艦を沈め、数千人の人命を奪っている。それに対する謝罪は連中からはない。

ただ人類も、日本やドイツ、イギリス、さらにソ連で連中の仲間を殺戮《さつりく》しているが、それに対する報復も口にしていない。これだけ見れば、奴らは自分たちの命も人類の命も、何とも思っていないように見える。

奴らが地球の外からやってきたから人類の命を何とも思わないというのはまだわかる。わからないのは同胞の命が失われても、意に介さないように見えることだ。奴らにとっての命ってのは何だ？」

武園はそれ以上はわからないとばかりに首を振る。

「要するに、お前は僕に、オリオン太郎の法律に関する観念と死生観を確認しろというわけか？　それだけのことを言うのに、こんな時間に自動車で二人っきりになったのか？」

「それだけのこととは何だ！」

武園が声を荒らげる。が、すぐに我に返った。

「時局研究会ではこのことが問題になっている。猪狩の行方不明に関連してな。

満洲で行方不明になった猪狩周一は、オリオン太郎の話から推測すれば連中の拠点に幽閉されている。そして猪狩の行方不明に関して、ドイツ大使館が情報収集に動いていた。猪狩はドイツの戦線拡大を阻止するべくカナリス海軍大将との連絡役として帰国するはずだった。つまりドイツの反ヒトラー派、オリオン集団、猪狩は相互に関係している。

そうであればオリオン太郎は、すでに日本だけの問題では済まなくなっている。オリオン集団が日本だけでなく、ドイツにも働きかける可能性は少なくない。

わかるか？　現下の世界情勢で日独がオリオン集団の強大な力を活用できるなら、ソ連も動く、イギリスも動く、そしてアメリカも動く。世界秩序が動く。

オリオン集団は日独を傀儡《かいらい》もしくは代理人として、世界新秩序を打ち立てようとしているのかもしれぬ。だからこそ、奴らがどこまで我々のルールを尊重するかが重要なんだ」

オリオン太郎の話を、秋津はそうした視点で考えたことはなかった。そもそも武園の意見にはブレがある。

オリオン集団は地球を植民地化しようとしているのか、そうではなく人類のルールに従いながら交流を持つのか、どちらとも解釈できる曖昧な状況の中で、彼自身も大きな迷いがあるのだ。それが発言のブレとなる。

「武園の仮説は一つ大きな前提から成り立っているが、それは正しいのか？」

「前提とは何だ、秋津？」

「武園の仮説はオリオン集団に何か一貫した戦略があって、それに基づいて動いていることを前提としている。

しかし、現実は違うだろう。オリオン集団は日本以外にも、ドイツ、イギリス、ソ連にも四発機を送ろうとしていた。

しかも、当初はフランスとイタリアも検討されていたが、ドイツ軍の侵攻によって中断された。オリオン集団の行動は、少なからず人類の戦争や国際関係の影響を受けている。ドイツや日本への働きかけにしても、ドイツがフランスに負ければ違っていただろうし、ソ連への飛行機派遣が成功していたらまた異なっていたはずだ。

それどころかオリオン太郎も追浜で射殺されていたかもしれないんだ。多くのことが偶然の結果であって、一貫した戦略とは思えない」

武園が黙っているので、秋津は先を続けた。

「例えばオリオン集団の技術支援でドイツ軍がフランスに勝ったというなら、一貫した戦略があると言えるかもしれない。しかし、そんなものはない。

ドイツ軍機はオリオン集団の爆撃機に撃墜され、そして搭乗員たちは射殺された。あまつさえ彼らはドイツの敵国であるイギリスにも飛行機を送っている。ドイツを支援しているとは考えられまい。

むろんオリオン集団は、何か目的があって地球に来ているのは確かだろう。ただそんな彼らも状況の推移によって、場当たり的な対応を迫られている。僕にはそう見える」

武園はその話を聞いて、安堵したかのように息を吐く。

「ホッとしたぜ、オリオン集団も俺たち同様、大きな問題には右往左往するとわかって。実は国内情勢もますます厄介な状況になっているんだ」

「やはり先月の高木惣吉《たかぎそうきち》大佐の更迭《こうてつ》が原因なのか？」

高木惣吉は海軍省の高官として、ブレーントラストを組織し、主宰していた人物だった。それが東京上空に突然現れた六機の大型四発機の投下した伝単に名指しされ、海軍省での役職を辞した事件だ。

ただブレーントラストの組織自体は時局研究会として、陸軍の人間も参画させる形で、発展的解消をみていた。秋津はブレーントラストの一員だったが、今も科学者として時局研究会のメンバーであった。

「いや、あれとは関係ない。高木さんの進退よりも、まだ謎の大型機の方が影響が大きいくらいだ。

問題は新体制運動だ。新聞でそれくらいは読んでるだろ？」

「新体制運動か……そりゃ、新聞で読む程度は知っているが、正直、さっぱりわからん。

既成政党を解体する運動らしいが、そこから先はさっぱりだ」

「それでいい。新体制運動が何物か、誰もわかっちゃいない。だから厄介だ」

秋津が理解している範囲で新体制運動とは、現状打破の運動だった。昭和一二年七月の盧溝橋《ろこうきょう》事件から三年が過ぎた今も、日中間の戦争状態は解決しない。むしろ戦線の拡大による戦費膨張とそれに伴う外貨の払底など、国内経済は軍需とその周辺だけが潤うという歪《いびつ》な構造になっていた。

こうした状況に政党政治は国民の信頼を失い、「既得権益を打破する存在」として軍部を支持する世論が拡大しつつあった。とはいえ、その軍部も事態打開への有効策を示せなかった。

それでも事態を解決するチャンスはあった。例えば南京作戦の中で、南京は包囲にとどめ国民党政府と和平交渉する動きは日中両政府で進められていたが、南京占領でこの工作は水泡に帰した。

さらに致命的なのは、南京陥落後の昭和一三年一月一六日、時の近衛《このえ》文麿《ふみまろ》総理による「帝国政府は、爾後《じご》国民政府を対手《たいしゅ》とせず」という突然の声明だった。

この発言は和平工作を模索していた政府関係者を愕然とさせたという。戦争状態にいる相手に向かって「お前は交渉相手にしない」と宣言してしまったことで、日本政府は事態収拾の交渉相手を失ったことになる。これで状況が改善するはずもない。

さすがに近衛総理もこの発言の失敗には気がつき、昭和一三年一一月三日の「東亜新秩序建設」声明の中で、「もとより国民政府といえども」とその存在を認める発言により軌道修正を試みたが、すべてが手遅れだった。

こうした事態打開が進まない中で、新体制運動という言葉が人々の口に上るようになっていた。だが天文学者の秋津には、そこから先はどうもよくわからなかった。

「学者のお前がわからないのも無理はないさ。多くの人間が新体制運動を自分勝手に定義して使っているからな。

最大公約数は、『強力政府実現のための新党創設』だけだ。これがそもそも間違いの元だ」

「新党創設が間違いなのか？」

「そうじゃない。新党創設は新体制のための手段に過ぎん。さらにその新体制もまた事態打開のための手段なんだ。

つまり現状、何が問題で事態が打開できないか、あるいは事態打開のために必要なことは何か、という作戦目標が不明確なままでは、どんな運動を起こそうが、結果にはつながらん」

「それは誰が言ってるんだ？」

秋津は反射的にこう尋ねた。それは、武園はこういう論理でものを考えないと知っているためだ。武園もそれに気がついたのか、少しばかり顔を赤らめた。

「時局研究会の代表、石渡荘太郎《いしわたそうたろう》書記官長だ。俺もあの人の意見に同意というだけだ。ともかく新体制運動は百花繚乱だ。ナチスドイツのような一国一政党の全体主義を目指せというもの、とりあえず既存政党さえ解体すれば状況は変わると考えるもの、政党を廃して国民運動にすべしというもの、軍部を抑える政治勢力の結集と考えるもの、極端なのは単なる猟官運動と解釈するものまでいる。このように解釈はさまざまだ」

「時局研究会はどの立場なんだ？」

時局研究会が米内内閣を支える政策立案支援集団であることを考えるなら、そこがシナリオを持っていないはずがない。

ただ、オリオン太郎と折衝している秋津に何の説明もないのは気になった。それが顔に出ていたのか、武園は言う。

「お前に話していないのは、これがデリケートな問題だから中枢の人間しか知らないのが一つ。もう一つは、この問題、オリオン太郎やオリオン集団にだけは知られてはならんからだ。

お前に教えるとしても、こうやって二人だけで、口頭でだ。電話や無線機、書類さえもオリオン太郎は盗聴したりスパイする可能性がある」

「今更だが、僕に教えて大丈夫なのか？」

「今日以降、オリオン太郎が新体制運動のことについて知ったなら、お前から漏れてることがわかる。それはそれで収穫だ」

そう言う武園の真意が秋津にはわからない。中学時代は嘘の下手な男だった。いまもそうであるなら、本気で彼は情報漏洩源を見つける意図で、秋津に説明するつもりだ。

「実を言えばいかがわしい噂も含め、さまざまな話が新体制運動について語られるのは、米内内閣にとっては好都合だ。それだけ本丸を攻めやすい」

「本丸って？」

「新体制運動の出発点、強力内閣の実現だ。いわゆる作戦面については陸軍参謀本部や海軍軍令部の職掌には変わりはないが、予算を管理する陸相と海相は内閣の一員として内閣総理の命令に従う。この場合、行政機関として陸軍省と海軍省も総理の命令に従うわけだ。

天皇の統帥権は軍令として認めるが、その適用範囲は法的に明確化され、制限される」

「つまり、軍隊の行動を政府によりコントロールしようということか？」

「軍人の、しかも軍令部の人間である俺が言うのもおかしな話だが、軍隊は天皇陛下の名によって政府がコントロールすべきだ。少なくとも現状は好ましくない。

前にも言っただろう。明治憲法は徹底した権力分散構造ゆえに、総力戦時代の戦争指導は誰にもできない。政府はもちろん大本営にさえその能力はない。

そういう戦争指導に責任を持てる人間を明治憲法は許していない。その状況では、軍人として国防に責任は持てん。

日華事変のことを考えろ。近衛政権には統帥権を根拠に、陸軍の動きはまったく入ってこなかった。同時に陸軍は陸軍で政府の考えを把握していない。

重要なのは、戦争指導としては不合理ながら、どちらも不法行為ではないこと。法的には問題はないのだ。つまり軍人も含め官僚の縦割りでは戦争はできんのだ。情報共有さえできずに、どう戦争指導をするというのだ」

「新体制運動なら解決できるのか？」

武園は声を潜めて、秋津の疑問に答えた。

「米内内閣で進めている新体制とは、憲法改正だ。強力な政府首班を置き、その下に陸海軍の軍政は従う。本当なら統帥権も天皇から政府に移動したいところだが、現下の政治状況ではそこまでやるのは陸海軍の反発を招こう。予算と物動を政府が完全掌握すれば、軍部の暴走は抑止できる」

「できるのか、そんなこと?」

時局研究会のメンバーとはいえ、政治向きのことは秋津も詳しくはない。だいたい時局研究会に誰が含まれているのかさえ、秋津は知らされていなかったし、知ろうとも思わなかった。

そんな秋津でも憲法改正が容易な話ではないことくらいわかる。

「第七三条には憲法の改正規定がある。衆議院と貴族院のそれぞれで三分の二の出席した議会で、三分の二の賛成で改正できる。つまり三分の二掛ける三分の二で、最低で両院の四割五分の議員さえ賛成すれば可能だ」

「議員の半分以下の賛成で改正可能……しかし、出席率が高ければそうはならないだろ?」

「議員がみんな議会に出席するわけではないってことだ」

武園はサラッととんでもないことを口にしたが、秋津はそこを探ろうとは思わなかった。追及しないほうがいいこともあるくらいは秋津にもわかる。

「残された時間は多くない。新体制運動に目鼻がつけば、オリオン太郎に大使館開設の具体的な話もできる。そこまで時間を稼ぐことだ」

「それを僕にやれと?」

秋津は覚悟したが、武園の返答は違っていた。

「その必要はない。お前はさっき言った、奴の遵法意識などを探ってくれるだけでいい。一つずつ確かな事実を積み上げていかねばなるまい。

ただ一つだけ言っておく。お前がどう認識していようと、米内政権にとってオリオン太郎問題は、それほど大きな比重は占めていない」

「地球外から強力な集団がやってくるというのに、政府はその重要性がわかっていないのか？」

「わかっている。わかっているから新体制運動を行うんだろ。強力政府を作らねば、日華事変も終わらず、英米との関係改善もできぬ。機能する戦争指導も不可能だ」

秋津は武園のその言葉にハッとした。

「米内内閣は、オリオン集団との戦争を考えているのか？」

それに対する武園の対応は曖昧だった。

「戦争を前提に奴らと交渉するつもりはない。万が一の場合には、万単位の人命が失われかねん。

ただし、それでも不幸にして戦争になった場合、それに対する策を準備する必要はある。我々に策があれば、奴らが何らかの武力行使を計画しても、その効力は減殺される。つまり奴らの武力行使のハードルを上げられる。それが大局的に見て、国民の犠牲を減少させることにつながる」

武園の意見は、彼の視点では正しいのだろうというのは秋津にもわかった。しかし、なお理解し難い点はあった。

「オリオン集団がソ連なり中国なりを攻撃した場合はどうなる？　相手は地球の外からやってきた。地球全体でものを考えている。戦争への備えはいいとしても、まず日本以外を蚕食《さんしょく》し、こちらが孤立無援になってから攻撃を仕掛けてくる可能性だってあるだろう？」

秋津は武園にも伝わるよう仮説を述べたのだが、それは裏目にでた。

「そうなれば日本は資源地帯を確保し、その上でオリオン集団と対峙することになろう。あるいは軍事同盟を結ぶということも考えられる。もっとも、そうならないようにするのが我々の目的だ。

言っておくが、俺は日本の軍人だ。だから日本以外のことについては責任は持てん。それは米内さんも同じだろう。日本政府が責任を持つのは日本国民だけだ」

秋津は同じ日本語を話しながら、絶望的なまでに話の通じない現実の存在を見せつけられた気がした。相手は地球全体を見ているのに、どうして日本という枠組みから出ようとしないのか？

もっとも時局研究会の前身であるブレーントラストは、オリオン太郎の存在をずっと陸軍には秘匿していた。それを思えば、軍人たちが曲がりなりにも国レベルでものを考えるだけ進歩なのかもしれない。

だが、あるいは柵の少ない自分だからこそできることがあるのではないか？　秋津はそれを自身への課題とした。

「ことさらに日本の法律を破ろうとは思いませんが、一ついいですか？」

オリオン屋敷に戻った秋津は、応接室で背広姿のオリオン太郎と対峙する。少し前まで羊羹《ようかん》ばかり食べていたが、失踪より戻ってからはアンパンやクリームパンばかり食べているらしい。甘党でなければ宇宙では生きてゆけないのか、その辺のことはわからない。

今もクリームパン片手に、オリオン太郎は秋津の質問に対して質問で返してきた。

「何だね？」

「法律に従うってことは、同時に法律が僕を守ってくれるってことですよね？　ならば大使館を開いて、僕らが日本の法律を守るなら、日本政府も法律に従って大使館を守ってくれますか？」

秋津は、自分は何をしているのだろうと一瞬、思った。地球外からやってきた人間とどうして法律談義などしなければならないのか？

「まず、君たちが日本の法律に従うのかどうか。それが先じゃないのか？」

「それは違うなぁ」

オリオン太郎はクリームパンを食べ終えると、アンパンに手を伸ばす。こんなに食べてよく太らないと思うほどだ。

「地球の法律って、程度の差はあっても天賦《てんぷ》人権からできているじゃないですか。僕ら人間じゃありませんよ。地球の存在じゃないから。だから法律で権利とかが守られる保証はどこにもないわけです。地球が保護の義務を果たさないのに、僕らが順法の義務を負うのはおかしいじゃないですか」

「それはそうだが……」

「まぁ、その辺の確認をお願いできれば僕は嬉しいですね」

秋津はオリオン太郎たちが、地球の法律について無知なようでかなり研究しているという印象を持った。だから「自分たちは人間ではない」と宣言し、「人間の定義」のような不毛な議論を回避しようとしたのだろう。

要するに、法律の適用範囲にオリオン集団を含めるかどうかという技術論で話をまとめようと、彼らは考えているわけだ。

もちろんオリオン太郎は、その質問に返答する権限が秋津にないことはわかっている。ただ、どうやら彼らは「日本語が通じる相手」を秋津に期待しているのではなく、「話がわかる相手」であることを期待しているらしい。

確かに宇宙のことなどを自分ほど理解している人間は少ないだろう。彼らの文明が為し得た技術レベルのほどを理解するにも、相応の科学知識が必要だ。

その上で、政府などに専門家の知見を尊重してもらえるだけの社会的な知名度や立場が必要だ。そうしたことを考えたなら、秋津のような人間は確かにいないだろう。

ただ、自分の考えが正しいとしたら、そこから一つの事実が導かれることに秋津は気がついた。

「オリオン集団は過去に別の方法で人間と接触して、君らが望む成果を得られなかったことがあるのか？」

それが秋津の推論だった。話が通じるから重宝されるということは、過去に話が通じないために諦めた経験が彼らにはあるのではないか。

だから人類とごく最近接触したわりには、彼らは地球のことについて、分野のばらつきはあるにせよ詳しい知識を持っている。それはつまり最初の接触は不首尾に終わったためではないか。

不首尾に終わったからこそ、世界は誰もオリオン集団のことをいまだに知らないのだ。

「困るなぁ、そういう質問をされると。だいたいその質問への回答は意味を持ちませんよ」

「意味を持たない？　どういうことだ」

「完全に期待した成果ではなかったが、六割ぐらいは達成できて、当初の予想も理想値の六割前後だろうというとき、望む成果ではないとも言えるし、望む成果とも言える。

ただ接触戦略の変更を決意させるような出来事があったとは言えますね。しかし、そんなことを確認してどうするんですか？」

「いや、ちょっと個人的な興味でね」

人間相手なら、こうやって言葉を濁せば話はそれで終わる。秋津もオリオン太郎と日本語でやりとりしているため、それでこの話題は終わったと思ったが、そうではなかった。

「なぜこの場で個人的な興味の話をするんですか？」

「ちょっと気になっただけだよ」

「秋津さんの個人的な興味ですね？」

「そうだが……」

秋津はオリオン太郎の側から、こうした形で執拗に問いかけられたことはなかった。何が彼を刺激したのか？

「個人的な興味が問題だったのか？」

「ですから、どうしてこの場に個人的興味が出てくるのかわからないということです。つまり秋津さんは日本政府代表ではないものの、その報告は政府に届きますよね。そこに私的な興味が入り込む理由がわかりません」

「もちろん私的な興味であっても、その内容は重要なものに関しては報告される」

「私的な興味なのに、内容が重要である場合には報告するという意味がわかりません。それなら最初から公的なものなのですから、私的な興味が介入する余地がない」

秋津はオリオン太郎が、異様に「私的興味」にこだわる理由がわからなかった。しかし、ふと気がついたのは、ナチスドイツのことだ。秋津はナチスドイツについて深く理解しているとは到底言えず、その知識も新聞やニュース映画からのものが大半だ。

そんな知識からすると、ナチスドイツは全体主義の国で、国民が一つの思想の元に統合されているらしい。

大学で研究の傍ら教鞭もとる秋津としては、全体主義なるものは俄《にわか》には信じ難い。ほとんどの学生が良家の子弟で、ちゃんと高校も卒業しているはずなのに、バンカラとか嘯《うそぶ》いて秩序も何もあったもんじゃないのが日常の光景だ。

自分の学生時代も、教える立場になった今も変わらない、そうした有様を目にしていると、全体主義など人間相手には到底不可能としか思えない。そういう意味ではドイツの全体主義も秋津には信じられない。

ただ地球外人ならどうか？　新聞などによれば全体主義だと工業の生産性が高いらしい。人間が機械の一部として働くからだ。オリオン集団が宇宙で生きてゆくためには、高度な工業力と技術力がなければならない。

惑星系のように資源が豊富な領域は、宇宙全体では稀だ。恒星間を移動するためには、資源補給が期待できない虚無の空間を移動することが強いられる。

そうであればオリオン集団が生きてゆくためには工業の無駄は許されず、最善の効率を要求されても不思議はない。そんな社会なら、オリオン集団は人間の実現するような中途半端な全体主義ではなく、教科書通りの全体主義を実現しており、そのため私的興味を持ち込むことへの拒否感は説明できるのかもしれない。

「話を戻すと、飛行機で日本にやって来て、こうした形で接触する前に、オリオン集団は人類と接触していたんだね」

「その質問は私的な興味と先ほど伺いましたので、返答は致しません。他の公的な質問をどうぞ」

オリオン太郎はニコニコしてはいるが、この問題に返答する気がないのは明らかだ。ただ最初の質問を否定せずに無意味と返答したことで、ともかく自分たちより前に、別の方法で人類と接触を試みたことはわかった。

そして、こうして自分たちと接触しているのは、やはり最初の接触が失敗だったのだろう。成功しているなら、自分たちはもっと違った形で、より大規模な形でオリオン集団の存在を知ることになっただろう。

「なら公的な話をする。オリオン集団は人の命をどう思っているのか？　空母や戦艦を一撃で沈め、戦闘機隊を全滅させた。それだけではなく、オリオン集団も爆撃機の乗員が失われた。それは君たちにとってどうなのか？」

「どうなのかと問われれば、損失としか言えませんが」

確かに質問の仕方が悪かった。だが死生観を確認するとはどうすればいい？　武園との間では、それで通じたが、オリオン太郎との間でどこまで通じるのか……。

「オリオン集団の中では仲間の死はどう受け止められるのだ？」

「僕への質問であるなら、それには答えられないなぁ」

「秘密なのか？」

だが秋津の質問へのオリオン太郎の返答は、想像とはまるで違っていた。

「秘密じゃないですけど、僕の仲間は死んだことがないから、僕もどう受け止めるのかはわかりませんよ」

仲間の死をどう受け止めるのか？　という質問に対して、死んだ仲間がいないからわからないというのは、論理的にはそうだろうが、非常識な返答だ。ただしその常識は人間のものである。

「オリオン太郎とともに陸攻で追浜に着陸したもう一人の乗員は死亡したが、それはどうなんだ？」

「あれは仲間じゃないから」

そう言えば以前もオリオン太郎は、乗員は自分とは違うようなことを口にしていたが、どうやら彼らの社会は階級制なのか身分制なのかわからないが、仲間になれるのは非常に狭い人間関係の中だけであるようだ。彼らの社会が全体主義的と思われることと、何か関係があるのか？

「仲間じゃなければ死んでも何とも思わないのか？」

「損失とは思いますよ。無駄な構成員はいないんですから」

オリオン太郎には感情があるのだろうか、その根源的な部分に秋津は疑問を感じてきた。

ニコニコと愛想がいいが、それは彼らがそういう生き物だからで、およそ感情とは無縁なのか？

「オリオン太郎は軍人の位だと海軍大将と同等で、他の爆撃機の乗員にも同じ位の者がいると言っていたが、彼らは死んだ。それを君はどう思う？」

オリオン太郎は、しばし宙を見る。彼にとって、返答が困難な質問を受けた時の反応らしい。

「秋津さんが知っている言葉で表現するなら、お疲れ様とかご苦労様かなぁ、大変でしたねというか……」

「同じ位の乗員は仲間ではないのか？」

「秋津さんの言葉の意味に近い表現なら、仲間です」

「仲間で死んだものはいないと言わなかったか？」

「言いましたけど、秋津さんと僕では、『死んだ』の意味が違うようです。秋津さんの定義では、同じ位の乗員は死んでいるわけですけど、僕の定義では死んではいない」

「少なくともドイツの爆撃機の搭乗員は二人とも解剖され、死亡は確認されている」

「あぁ、何か話が通じないと思った。秋津さんは生きていない状態も死亡と考えるわけですね」

「生きていないのは死じゃないのか？」

「死なない限りは生きているでしょう」

これがオリオン太郎でなかったら、馬鹿にするな！　と席を蹴るところだ。

今までの会話の内容を秋津なりに整理すると、オリオン集団は全体主義的な傾向があり、階級制度なのか身分制度なのか、そういうものが厳格に存在する。

そして彼らは同じ階層の人間でなければ仲間と考えず、その死に対して何某《なにがし》かを考えるのは仲間だけであり、それ以外の階層については損失という、まるで機械のような認識だ。

ただオリオン太郎は海軍大将のような顕職であるので、損失の意味は「自分より下の階層に対して」とも「自分とは異なる階層に対して」のどちらとも解釈できる。

そして死というものに対して、死体がある程度のことでは彼らはそれを死と認めないらしい。生きていない状態ではあるが、それは死ではない。まったく話にならない。

「オリオン太郎から見て、撃沈された戦艦や空母の乗員、撃墜された戦闘機の搭乗員は生きているのか、それとも死んでいるのか？」

「それはわかりませんよ。僕は地球人じゃないから。ただ、知っている範囲で、秋津さんが言われた人たちが生きていると信じるに足る証拠を僕は持っていません」

「オリオン太郎の仲間は死んでいないのに、軍艦や戦闘機の人間は生きている証拠がないというのか……」

秋津はここで気がついた。オリオン太郎の話は矛盾しているように見える。だがオリオン集団が、人間で言うところの霊とか魂という概念を持っているならどうか？　魂が滅ばない限り、人は死なない。それは完全に宗教の概念だが、オリオン集団全体がそうした宗教的な文化を持っているなら、オリオン太郎の発言に矛盾はない。

だがこの考えは秋津を途方に暮れさせた。人間同士でさえ宗教の話で相互理解は難しい。難しいどころか、それが理由で戦争さえ起こることがある。

自分も武園も迂闊《うかつ》だった。オリオン集団が独自宗教を持つ可能性は考えておくべきだったのだ。

とりあえず秋津は、この問題をこれ以上は追及しないことにした。自分の能力では対処できないし、ここでおかしな誤解が互いに生じては元も子もない。

「秋津さんと話していてもわかるのですけど、どうも僕らの人間モデルには、まだまだ不完全な要素があるようです」

「人間モデルって、人形か何かか？」

秋津も科学者なので、モデルの意味はわかる。ただ人間モデルという単語をそのまま解釈すれば、人間の行動を数式化したような何かということになる。

いくらオリオン集団の技術力が高いとしても、人間を数値モデルに置き換えるなど不可能だろう。

「秋津さんに説明しても、地球には概念が存在しないからわからないと思いますよ。強いて近いものを言えば、株式の相場予想かなぁ」

それをどう解釈すべきか戸惑っている秋津に、オリオン太郎は言う。

「モデルは何度か修正してるんですよ。当初は失敗もありましたから。いいんです、そうやって修正しながら正しい結果を導けるようになるんだから。今だって誤差はかなり小さくなった。

でも、ここまで予測通りに進んでるのに、大使館を開いてもらえないなんて、やはりまだ調整部分が必要なんですね」

「日本にやってきたのも、そのモデルとやらのためか？」

オリオン太郎はニコニコとうなずく。

「アメリカに使節を送るより、日本に働きかけたほうが大使館が早く実現するという結果が出たんですよ。

まぁ、あと一回調整するかな」

秋津はその言葉に不吉なものを感じた。

「伊号第六一潜水艦を利用するんです。それで大きな誤差は解消すると思うんですよね」

「どういう意味だ？」

＊

伊号第六一潜水艦は、八月二五日の夕刻、呉を目指して紀州沖を航行していた。海大四型に分類されるこの潜水艦は、大正時代に設計され、昭和初期に竣工した老齢艦であった。今日の日本潜水艦の水準から見れば見劣りはするが、それは第一次世界大戦後のこの時期が日本海軍潜水艦の試行錯誤時期であったために他ならない。

この当時は、艦隊決戦用の大型高速潜水艦の海大型と、遠距離偵察用の巡潜型という二つの形式が存在した。それらが技術の進歩により、艦隊決戦用大型高速潜水艦が長大な航続力を実現した時、両者は統合され、今日の伊号潜水艦となったのだ。

老齢艦とはいえ、伊号第六一潜水艦は未だ一線級の性能を維持しており、国際環境が緊迫する今、日々の訓練に励んでいた。

「潜艦長、来てください、おかしなものが見えます」

この時、司令塔で哨戒長の当番に就いていたのは、航海長の岡崎大尉だった。

「おかしなものとは何だ？」

発令所から潜水艦長の佐野少佐が上がってくる。

「本艦の左舷前方に未確認の飛行物体があります」

「未確認の飛行物体だと……」

佐野潜水艦長は、双眼鏡でその物体を見る。それは彼が見たこともない物体だった。双眼鏡の目盛から推測すると、全長で三〇メートル、幅で二〇メートルほどの細長い座布団のような形状だ。四隅には小さな翼が付いている。

機体は白いようだが、夕日を浴びて朱色に輝いている。窓はあるようだが、そこははっきりしない。どことなく甲高い機械音が聞こえるが、それは彼が知っている飛行機のプロペラ音ではない。

「アメリカの新兵器か？」

今いる海域は日本に近いが、公海上だ。アメリカ軍機が飛行しても、それ自体は咎《とが》められない。

しかしアメリカといえども、あんな座布団のような飛行機があるとは思えない。何よりも驚くべきは、その未確認の飛行物体は静止こそしていないが、速度は恐ろしいほど低い。

浮上航行中の潜水艦と同じ程度だから、時速にして二〇キロも出ていない。こんな低速で飛行する飛行機などない。失速してしまうのは明らかだ。

「阻塞《さ さい》気球の類では？」

岡崎はそう言うが、彼も自分の説を信じていないのは佐野にもわかった。そこそこ風があるのに、あの物体は、伊号第六一潜水艦と同じ位置関係を維持している。

「風に流されない気球はないだろう。どうやって発見した？」

「それが、上空から急に落下してきました」

岡崎哨戒長の話は、明らかに気球ではないことを示している。

「哨戒長、合戦準備を下命してくれ」

佐野の言葉に岡崎は驚く。

「合戦準備……一二センチ砲ですか？」

「七・七ミリ機銃では、あんな大物に通用せんだろう。奴がこちらを偵察しているなら、合戦準備を示すことで、逃げるなり何なりするはずだ」

岡崎哨戒長の命令で砲術科の将兵が、潜水艦唯一の火砲である一二センチ単装砲を準備する。艦船攻撃用のこの火砲で対空戦闘など望むべくもない。ただ未確認飛行物体は、平射専門の火砲でも照準がつくほどの低空まで降りていた。

「信号員！　あの飛行物体に誰何《すいか》せよ！」

あれが飛行機であるならば、何か反応があるはずだ。ずっと同じ位置関係を維持しているだけということはない。

信号員が信号灯の点滅で帰属を示すようにうながす。それに対して、初めて物体が動きを示す。

未確認飛行物体と潜水艦の距離は約一〇〇〇メートルほどだった。飛行物体の胴体上部が爆弾槽の扉のように開くと、何かが恐るべき勢いで飛び出した。

細長くて、後ろから炎を噴射するもの。佐野潜水艦長にはそれしかわからなかった。

それは伊号潜水艦の手前で海面を直撃したが、そのまま前進し、ついに潜水艦の海中部分に直撃する。そして激しい衝撃で、佐野は司令塔から海面に叩きつけられた。

そこから何が起きたのか、佐野にも記憶ははっきりしない。気がついたら岡崎とともに、付近を航行中の漁船に助けられたという。

「海面で大音響と爆発みたいな光を見たんですよ。それで事故かと思って行ってみたら、お二人が漂流していたんです」

漁船の船長はそう言って、生存者は二名だけであることを伝えた。

「しかし、何があったんですか？　事故現場から何か白く大きな座布団みたいなものが空の向こうに飛んでいきましたけど」

漁船はその日の深夜に漁港に戻り、佐野はすぐに漁協の事務所で電話を借り、最寄りの鎮守府《ちんじゅふ》にことの次第を報告した。だが、電話口の相手は、意外なことを口にする。

「わかってる。伊六一潜からは緊急電があったからな。未確認飛行物体からの飛翔体による攻撃を受け、船体に破口が生じて、浸水中と聞いている。通信長は無事なのか？」

佐野はあまりのことに受話器を取り落とした。潜水艦内にいた通信長が、どうして未確認飛行物体のことや、潜水艦を撃沈したのが飛翔体であることを知っているのか？

「あの飛行物体が……報告したとでもいうのか？」

立ち尽くす佐野には構わず、ぶら下がったままの受話器は鎮守府からの電話を流し続ける。

「ところで、緊急電の最後にオリオン集団とあったが、どういう意味なんだ？　なぁ、おい、聞こえるか？」

# 5章　古田機関

昭和一五年八月頃に三宅坂と言えば、陸軍参謀本部の意味だった。もっとも、ここでの参謀本部とは陸軍全体を意味していた。なぜなら三宅坂界隈には、参謀本部の他に陸軍省も置かれていたためだ。他に陸相官邸なども隣接している。

長らく関東軍参謀本部附として広義の情報活動に従事していた古田岳史陸軍中佐にとって、三宅坂の陸軍省への道は久々に歩くものであった。

古田はこの時、柄にもなく緊張していた。陸軍省から関東軍に転属となったのも、キャリアアップのために満洲で経験を積む意味があると説明されていた。

ただ関東軍での配属先は、参謀部第二課別班特殊情報部という部署であった。情報収集分析の担当という話であったが、内情は防諜・謀略であり、また経済や産業に関する調査である。彼自身、中国の農村部の実態調査のために物売りの姿で何日も過ごしたこともある。

親の仕事の関係で、中国とアメリカで数年生活したことがあり、中国語と英語は不自由なく話せたことが幸いした。

ただ、そうした若い頃の経験から、陸軍士官学校では同期の人間たちと考えが合わないことがあった。

それは皇道派と統制派というレベルの話ではない。立身出世というものに対する考え方の違いだ。陸士の同期の多くが職務に励み、階級を上げてゆくのは、結局のところ自分のためだ。

それは必ずしも悪いこととは古田も思わない。ただ、個人の利益もあるにせよ、陸士を卒業し、軍人としての特権が得られる立場になればこそ、国や社会に対する責任を負う。そう、特権には責任と義務が伴う。

それが古田の考えだが、そういう人間は同期でも多くない。

「それはお前が、商事会社の役員の一人息子という恵まれた境遇にあるから言えるだけのことだ」

同期の仲間にそう言われたこともある。正直、その言葉だけは忘れられず、今も自問しない日はない。自分は恵まれた中産階級の人間だから綺麗事を言っているだけの俗人ではないのか？　と。

ただ、それでもやはり立身出世主義への疑問が払拭されるわけではない。なぜなら古田にそう言った当人も含め、陸士の同期には中産階級や富裕層が多かったからだ。

陸士に入るために家庭教師をつけてもらった人間も一人二人ではなく、古田の父親ほどではないにせよ、日当払いが当たり前の世の中で月給取りという恵まれた家庭の子弟も少なくない。講談本に載るような貧乏な小作農の倅《せがれ》が一念発起して、陸士に入学して陸軍大将になる……みたいなことは現実にはまずない。

中学四年修了程度の学力さえあれば誰でも陸士には進めるが、学力を錬成するにも金はいるのである。

だから古田にとっては、関東軍で泥に塗《まみ》れるような仕事は、自分が利己心からではなく国のために働いていることを確認できる点で、安堵できた。

しかし、陸軍省勤務、それも軍務局軍事課という軍政の中枢部門で働くと思うと、そこが陸軍軍人にとってのエリートコースだからこそ、不安を覚えてしまうのだ。自分は真に国のために働いているのだろうか？　と。

「いやぁ、待っていたぞ。飯はまだだろ？　少し早いが食いに行くか？　心配せんでも自分の奢《おご》りだ」

古田の直属の上司に当たるのは、岩畔豪雄《いわくろひでお》陸軍省軍務局軍事課長である。古田が着任の挨拶をすると、彼は待ってましたとばかりに出迎え、近くにいた軍事課員数人を伴い、外に出た。

「貴官も、宝亭《たからてい》は知ってるだろ。時節柄、歓迎会も贅沢だとして開けないが、まぁ、歓迎の気持ちだけは受け取ってくれ」

「ありがとうございます」

麹町平河町の洋食屋である宝亭は、日本でも屈指の洋食屋で、夏目漱石などの文豪も贔屓《ひい》《き》にしていたことで知られている。

ただ古田が陸軍省勤務の時には、下級将校の薄給で通えるような店ではなく、前を通り過ぎてお終《しま》いだった。正直、子供時代に親に連れてきてもらった回数の方が多いくらいだ。

しかし、銀座の洋食屋でさえ、戦時下の影響は及んでいる。子供の頃は米の飯は白米が当たり前だったのに、いまテーブルに並べられた飯は外米にじゃがいもを混ぜたものだった。

すでに都内のあちこちに「贅沢は敵だ！」とポスターが貼られていたが、その贅沢には白米だけのご飯も含まれているらしい。

米不足の直接原因は、去年、朝鮮半島から西日本にかけて激しい干ばつが起こり、米作の生産量が低下していたからだ。日本本土はまだしも、朝鮮半島の状況は深刻で、日本国内に朝鮮米が入って来なくなった。結果として西日本の米事情は逼迫《ひっぱく》していた。米屋への投石もあり、政府は真剣に米騒動の再現を心配した。このためベトナム米の輸入で何とか急場を凌《しの》いでいるという。

そんな有様だから東京の銀座周辺でも、米が足りず外米と芋のご飯となる。

ただ米不足は天候だけの問題ではないことを、陸軍省軍務局の人間として古田は理解していた。農村の労働者不足と肥料などの資源不足、さらに軍事優先による輸送力減少が農業生産に着実に悪影響を及ぼしていた。

だいたい盧溝橋事件の時に六三万人程度だった日本陸軍が、今は師団の急増などにより二〇〇万人を超えている。しかも師団増設の圧力は強まっても弱まりそうにはない。

「どうだ、古田課員？」

岩畔は外米と芋の飯に驚いている古田に、そう話を向ける。

「新京はまだ、飯は白米なんだろ？」

「首都ですから白米の飯には不自由しませんが、それも場所次第ですな」

古田は無難にそう答えておく。これは流通や労働力を含めた満洲農業の問題に他ならないが、その詳細を語れば一時間や二時間は必要となるからだ。

岩畔もそれ以上は、この話題を続けることもなかった。食事を終え、コーヒーが並べられると、岩畔は再び古田に話しかける。

「自分もここしばらくは軍務局での仕事に忙殺され、満洲の最新状況にも疎《うと》くなってしまったが、貴官は満鉄調査部とも人脈を築き、現地の経済や産業に精通していると聞いている。

他の連中が現地も知らずに机の上で研究と称する作文をする中で、貴官は現地に足を運び、必要なら危ない橋も渡ると聞いた。

だからこそ、満洲からこちらに着任するよう働きかけたのだ」

古田中佐は自分が軍務局軍事課に異動になると聞かされた時、その理由はここまでの調査活動のためだろうと思っていた。幾つかの調査内容については、軍の秘密に触れない範囲で日本国内の雑誌にも記事を発表していた。

陸軍内には皇道派や統制派、最近では南方の資源地帯に向かうかソ連との戦争に備えるかという南進派や北進派の対立がある。古田がそうした中で積極的に論文を発表するのは、どちらかの派閥に味方するためではない。

そうではなくて、どちらの派閥にせよ、まず客観的な事実関係を前提に議論しろという意味からだ。その意図がどこまで通じているかは不明だ。ただ陸軍内外の一部の研究では古田の論文が引用されており、その辺りは自分の活動は無駄ではないという自負はある。

そんな考えを読んだのか、岩畔は尋ねた。

「貴官の率直なところを訊きたい。満洲の資源だけで、日本は総力戦を戦えるか？」

「無理です」

その返事はほぼ反射的に古田の口をついたが、岩畔は特に驚く様子もない。ただ「根拠は？」と先を促す。昼食で芋と外米の飯を見たので、古田は農業面の話をした。

「総力戦の基礎、食糧生産を考えますと、例えば大豆。満洲で生産された大豆の量だけ見れば、日満の需要を満たせるように見えます」

「貴官の論文にもそんなのがあったな」

岩畔はさりげなく、古田の論文に目を通していることを仄《ほの》めかす。

「あの論文の執筆時には数字がまとまっていなかったので触れませんでしたが、満洲の農業は華北からの季節労働者の存在なしには成立しません。

つまり満洲の農業は華北と不可分であり、同時に華北の経済も満洲からの労働力に依存する時期がある。

言い換えれば満洲の労働力は、華北を含めた大陸全体の労働者の季節ごとの移動抜きには語れない。

満洲国は盛んに労働力の定住を図り、日本以上に徹底した指紋管理を行っておりますが、成功しているとは言い難い面があります。

今のは大豆の話ですが、鉱山その他の産業でも類似の現象が見られます」

「自給自足経済圏を作ろうと思ったなら、ユーラシア大陸の東半分が必要か」

古田はその言葉にどんな顔をすればいいのか迷った。ユーラシア大陸の東半分なら、南進も北進も両方やるという話になる。岩畔は陸軍内部では「謀略の岩畔」と呼ばれているとも聞く。冗談なら笑えばいいが、この男が言うと笑えない。

「なんだ、冗談なんだから少しは笑ってくれよ」

そして岩畔は声を潜める。

「貴官の意見に全面的に賛成する。満洲を抱えていたくらいで、日本は自給自足もできなければ、総力戦体制も構築はできない」

「ところで、満洲を発つ前にお願いした件はいかがでしょうか？」

岩畔はその質問を待っていたかのようだった。

「貴官から頼まれていた猪狩周一の消息だが、一つ確認したい。どうして猪狩なる人物の存在を知ったのだ？」

それは古田にはなかなか答え難い質問だった。

古田は一度、満洲で猪狩を拘束し、用意した装甲列車に乗せた。だが猪狩は何者かの手引きで自分たちの装甲列車から脱出した。それも大型機に乗って。

状況から判断して手引きしたのは海軍関係者であろう。さもなくば大型機など手に入らない。飛行機の航続力などから考えるなら、そのまま日本には飛べないだろう。満洲でそれらしい飛行機が着陸や給油した記録はなかったから、陸路で港に行き、海路で日本に入るしかない。

パスポートを含め、荷物をすべて装甲列車に残しての脱出であるから、仲間が手引きして日本に帰国しているはずだ。古田の元に残された切符などから、彼が日本を目指していたのは間違いなく、モスクワから行動を共にしていた部下の入江もそう証言している。

だからあの時期に満洲から日本に帰国した人間を調べるなら、その中に猪狩周一がいるはず。古田はそう考えたのだ。

その時期に軍務局への誘いがあり、それを受けるにあたって古田は猪狩の件を岩畔に託した。

ただ岩畔軍事課長については、満洲にいた自分にさえ兎角《とかく》の噂は届いていた。岩畔大佐こそが陰の軍務局長という人間さえいる。

それもあって、軍務局に着任するにあたって上司となる岩畔課長に猪狩の調査を頼んだものの、その人物について必要以上の情報は出していなかったのだ。満洲の治安上、問題のある人物が日本に身分を偽って入国した可能性がある。その程度の情報しか明かしていない。

しかし、古田はいささか岩畔大佐を見くびっていたようだ。彼もまた猪狩周一に何某《なにがし》かの興味を抱いたらしい。

「課長も知っての通り、自分は満洲で現地調査をしていました。そうした中で、満洲国軍やその周辺で出所不明の兵器類が流通していることがわかりました。

多くは日本軍の旧式兵器ではあるのですが、ドイツやフランスの旧式兵器のこともあれば、不自然に新式兵器が流通していたりします。

それを追っている中で、旧式兵器などと引き換えにタングステンやニッケル、コバルトなどの戦争資源を手に入れている集団がいました」

「それが元禄通商であり、バックには日本海軍がついている。もっと言えば、元禄通商は海軍が動かしている総合商社みたいなものだ」

岩畔はそう古田の言葉を続けた。岩畔の力量からすれば、この程度の調べはすぐつくだろう。その点は古田も驚かない。驚くのは、岩畔がこの件に強い関心を持っていることだ。

「しかし、小職の調べた範囲では、猪狩は中国でも仕事はしたが、主たる活動は欧米のはずだ。現に元禄通商の満洲担当支店長や華北支店長は別にいる。それなのに……」

「なぜ猪狩なのか？　途中経過は省略しますが、満洲支店長、華北支店長の上で指示を出しているのが猪狩周一なんです。外回りの営業部員という肩書きの男が、アジアと欧米を結んでいる。

　一例をあげるなら、英米から国民党政府への援蔣物資が、なぜか猪狩の手を経て海軍に流れていたということもありました」

「貴官は何もしなかったのか？」

「小職の立場では、ことが済んでから知ることになります。未然に防ぐのは難しい。

　それに彼の活動は、俯瞰《ふかん》してみれば援蔣ルートの遮断に等しい。ならば止めさせる必要はありますまい。

　しかも小職が、猪狩が黒幕と知ったのは五月末ごろです。彼は佐藤遣伊経済使節団の一員として白山丸でヨーロッパに向かっている最中でした。

　その男が急遽シベリア鉄道で帰国するという。しかも、満鉄に問い合わせると、帰路の切符の手配には、ドイツ国防軍の情報部が協力していました。

　猪狩の活動内容やドイツ国防軍との関係は、元禄通商が海軍傘下の企業ということを考えれば、米内内閣を倒しかねない爆弾となり得ます」

岩畔の表情に一瞬、冷たいものが浮かんだのを古田は見逃さなかった。それが意味するところも。岩畔は古田を見定めようとしている。信頼できる右腕となるか、謀略ごっこに手を染めようとする小賢《こざか》しい者に過ぎないのか。

「で、身柄を拘束したのか。なぜだ？」

「猪狩が持っている情報が政変をもたらすほどのものであるとすれば、それは海軍だけが独占すべきではなく、陸軍も共有すべきと考えるからです。

陸海軍が同じ重要情報を共有することで、軍部が政治を主導するとともに、陸海軍双方が互いの暴走を抑止できる。それが小職の考えです。分不相応な行為なのは重々承知しておりますが……」

「それが国のためになるなら、自分はあえて泥をかぶる、そういうことか。馬鹿者め」

岩畔の目は、しかし、古田を馬鹿にしてはいなかった。

「が、まさにそういう馬鹿者を自分は待っていた。軍務局軍事課は改めて貴官を歓迎する」

岩畔は古田に手を差し出す。握手をする岩畔の手は、古田には湯船に手を入れているような感触がした。

「それで猪狩であるが、日本に入国した形跡はない。元禄通商本社にも姿を現さず、家族にも連絡はない。もちろん貴官が調べたように満洲にもいない。彼は行方不明だ」

「行方不明!?」

古田は声を上げる。猪狩は自分と考え方がまるで違う男だった。しかし、その人物は尊敬に値すると思っていた。国のために共に働ける人間と思っていただけに、行方不明という事実に古田は不安なものを感じた。

「ただ飛行機で猪狩がどこかに逃れたのなら、状況がはっきりするまで地下に潜伏している可能性もある。まぁ、それはとりあえずいい。ここで議論したからといって猪狩が現れるものでもない。

調査する中で、あの男が元禄通商だけの人物ではないことがわかった。貴官は海軍が、いや米内首相がブレーントラストという専門家集団を抱えていることを知っているか？」

「いえ、それは初耳です」

しかし古田は、猪狩に対して抱いていた疑問の幾つかが氷解するのを感じた。単なる商社の人間にしては、何か違った胆力のようなものを彼からは覚えていたのだが、首相直属の専門家集団の一員だったなら、それも理解できる。

「まぁ、そこから先の陸海軍の面倒な綱引きは省略する。結論を言えば、高木惣吉がブレーントラストから離れ、書記官長の石渡荘太郎を主宰とした時局研究会が発足した。今までは米内個人のブレーンだったものが、政府の公式な研究機関となったことが何を意味すると思う？

これまでは海軍の組織だった。しかし、時局研究会は陸軍の人間も参画する。そうして陸海軍で情報共有を行う」

岩畔はそこで初めて、古田に向かって笑った。

「小職にその担当になれと？」

「陸海軍が情報共有を行い、政府と軍部の暴走を抑止する。こんな話を貴官以外の誰に託せると思うのだ」

「はぁ……」

岩畔の話は古田にとって大きなチャンスなのは間違いない。しかし、満洲からいきなり呼び寄せておいて、軍務局員として時局研究会のメンバーになれというのも唐突すぎる。なるほど時局研究会の趣旨は、古田のかねてからの意見と同じであるように見える。

だが、それだけで岩畔が自分を呼び寄せるとは思えない。他に何かあるとしか考えられないのだ。そしてその予測は正しかった。

「むろん、ただ時局研究会のメンバーとなって、他の連中と机を並べるだけで終わっては困る。

　貴官は猪狩の持っていたスケッチの数々をどう見る？　四発爆撃機が軍艦を攻撃しているスケッチだ」

「わかりません。旅行の合間の漫画のようなものではないかと思いますが。アメリカにあるパルプマガジンにあのようなスケッチの光景が描かれてます。

　軍艦の様子からブレスト沖海戦を描いたのでしょうが、英独両軍の発表にはむろんあのような四発機は登場してきません。それに猪狩のスケッチからすれば、あれはドイツのFw200と思われますが、軍艦二隻を撃沈するなど不可能であることは、陸軍軍人の自分にもわかります」

「そう、それが常識だ。ところがだ、ブレーントラストは、英独両軍の公式発表こそが嘘であり、あのスケッチこそが真実だという報告を猪狩から受けている。

　受けているだけでなく、彼らもまたそれを信じた。海軍の専門家が、海軍の常識を覆《くつがえ》す話をだ。その理由がわかるかね？」

　古田はさほど暑くもないのに汗が出てきた。猪狩の身柄を拘束したあの日、逃げた猪狩を追撃した装甲車を謎の大型機が爆撃し、破壊した。古田自身は装甲列車に残っていたので、わかったのはそこまでで、その後の現場のやりとりはわからない。

装甲車が爆撃された時点で、そこを撤退したからだ。ただ飛行機が高度を下げたのと、離陸して上昇してゆく光景だけは確認できた。

ただ不可解な点はあった。上空から装甲車に爆弾を命中させるような神業がなぜできたのか？　それ以上に不可解なのは、現場は確かに平坦だが、大型機が着陸できるような地形ではないことだ。

古田自身があの場所に戻って調査した。大型機が停止していたらしい痕跡はあったが、それだけだ。現実を受け入れるなら、垂直に離着陸したことになるが、そんな飛行機など存在しない。

ただ陸軍の九七式戦闘機が滑走路のない平地に着陸し、戦友を救出したという事例もある。なので、同様に強行着陸と離陸を行ったのだろうと彼は自分を納得させていた。

そんな古田に岩畔は、一撃で戦艦や空母を撃沈できる飛行機が存在すると言う。彼の遭遇した飛行機と合わせ、何かとてつもない技術が存在しているのか？

「我が海軍の飛行機だった……は、あり得ないですね。だが、海軍はそんな飛行機の存在を知っていたということですか？」

岩畔は頷く。

「小職も詳細はわからないが、海軍の飛行場にブレスト沖海戦に現れたのと同様の飛行機が着陸し、搭乗員は射殺されたが、生存者もいるらしい。しかし、予想できると思うが海軍はこれに関して明確な返答をしてこない」

「それを調べろと？」

「だけじゃない。海軍は、その超高性能機を分析し、高度な技術を独占している可能性がある。

実は調査の過程でおかしな事実が二つ明らかになった。一つは猪狩が乗っていたらしい飛行機だが、満鉄周辺から南京に現れ、そのまま海に出て台北上空に到達した可能性がある。

むろん同じ飛行機という保証はない。同一の機体なら航続力や速力があり得ない性能となる。だが時系列的には性能以外に矛盾はない。

もう一つは、台北で戦闘機隊が国籍不明機の迎撃に向かったものの、飛行機は高度一〇〇〇〇を飛行しており、迎撃機はその高度に到達できないまま通過を許してしまったということだ。海軍はこの事実に緘口令《かんこうれい》を布《し》いているが、目撃者が多すぎれば人の口に戸は立てられん」

「それだけ高性能機ということでしょうか？」

「いや、自分が問題としているのはそこじゃない。問題は迎撃戦闘機を出せたということだ。南京では直上に到達するまで誰一人、その飛行機に気がつかなかった。他の都市でもそうだ。

ところが台北だけは、国籍不明機が接近する遥か手前で迎撃戦闘機に出動命令が出されている。台北の海軍基地は高度一〇〇〇〇を移動する飛行機を察知する能力がある。

自分も陸軍技術本部に問い合わせたが、電波兵器ならそれは理論上可能だ。しかし、本邦の電波兵器技術で、台北のような迎撃戦闘が可能な電波探知機の類は作れないとのことだ。

一応、台北には電波探信儀という電波兵器があり、技研の谷恵吉郎という技術士官が完成させた試作機の成果らしい。陸軍技術本部が不可能といった装置を、海軍技術研究所が実用化した。不自然とは思わないか？」

岩畔の話はどれも古田には想像もつかないことだった。同時に猪狩の逃走を許してしまったことが何よりも悔やまれる。自分が考えていた以上に、あの男は大物だったのだ。

ただ、今の話で古田は一つの疑念が生じた。彼はそれを上司である岩畔にぶつけた。

「そうした高性能飛行機に関する情報を入手したとして、それを活用するのですか？」

かなり不躾な質問であるはずだったが、岩畔はむしろ喜んでいるように見えた。

「面白い、いや、失敬、そうでなければならんということだ。

貴官も新聞くらい読むだろう。現在の米内内閣は、新体制運動を進めようとしている。時局研究会もいまはこの問題中心に動いている。そして陸軍省としては、この運動に積極的に関わり、支援する方向で動いている」

陸軍省というが、それは実質的に軍務局であり、その中心が軍事課であるのは疑いようもなかった。ただ古田は、海軍主導の新体制運動を岩畔が陸軍として支援するというのが不思議だった。

別に古田も陸海軍が争えばいいとは思っていないが、それでも現役の陸軍高官からこうした発言が出てくるのは意外だった。

「新体制運動を支援とのことですが、それが国民運動なのか、新党創設なのかも明らかではない。それなのに既存政党は党利党略で、新党での有利なポジションを得んがために、相次いで解党を行っている有様です。

そんな目的も実態も不明確な新体制運動を、陸軍が支持すると仰《おつしや》るのですか！」

古田は岩畔に詰め寄るが、彼は至って落ち着いている。

「満洲にいた貴官が新体制運動をどう解釈しているかはわからんが、時局研究会が行おうとしていることは明快だ。その真意は国家運営の責任の明確化、言い換えれば強力内閣の実現であり、そのための明治憲法の改正だ」

「強力内閣ですか……確かに、強い政治が新体制運動では言われておりますが、米内内閣で憲法を改正するのですか？」

「まぁ、貴官は法務官ではないから仕方ないかもしれないが、そもそも明治憲法で強力な指導体制などできん。西南の役から一〇年ほどしか経過していない時代の憲法だ。

西郷のような奴が再び現れて、天皇を担いで内乱を起こすというのは、外国との戦争よりも現実的な脅威だ。否応なく全権を掌握するような人間の誕生を阻止しなければならん。だから現憲法は極度に権限が分散している。

西南の役の頃なら、それでよかった。日清日露の戦争では、元老という存在が、分散した権力の調整機能を担っていた。それでも日露戦争では、児玉源太郎参謀長が元老の存在を憲法違反と言っていたくらいだ。

そして昭和の今日《こんにち》では、維新の元老はおらず、法制度は整備され複雑になり、権力分散は深化し、政官軍の全体像は誰にもわからなくなった。

この状態で総力戦を戦うなど、夢のまた夢だ。いや、総力戦を回避することも期待できまい」

古田にも岩畔の分析は理解できたが、しかし、憲法を改正すれば事態が打開されるというのも単純すぎる見方に思えた。改正は手段であり、重要なのは何を目的に、具体的に、であろう。

どこをどう改正するかだ。中身も吟味せずに改正すれば良くなるというのは、一種の信仰

「何をどう変えるのですか？　課長のお話ですと、法律が複雑化した中で、憲法の改正だけで現状を打破するのは難しい気がしますが」

「別に革命をしようというわけじゃない。法律がすべてひっくり返るわけでもなければ、その必要もない。

まず最優先で行うべきは、内閣総理が国務大臣の上に立つという首相権限の強化が一つ。そして本丸は、第二条の『天皇は陸海軍を統帥す』の部分だ」

「統帥権を天皇から奪うんですか！」

「落ち着け、それでは国体の変革ではないか。そうでなくても陸軍は、経済の統制化推進で経済界から赤と言われておるんだからな。

統帥権の問題はある意味、やりやすい。昔に戻すだけだからな」

岩畔の説明は次のようなものだった。西南の役の翌年である明治一一年（一八七八年）に「参謀本部条例」が制定され、陸軍省に含まれていた参謀局が廃止され、参謀本部として陸軍省から独立した。

これは陸軍大臣に、兵力を動かす軍令と軍組織を維持管理する軍政の、両方の権限が集

中するのを防ぐ目的があった。これにより陸軍参謀本部長は軍令事項を担当するとともに、天皇に直属し、政府の制約を受けない存在となった。これが統帥権の独立の始まりである。

しかし、この時点での統帥権の独立とは部隊運用指揮などの用兵作戦的統帥権であり、その範囲においては陸軍省は作戦に容喙《ようかい》しないとするように、狭い範囲に限られていた。例えば陸軍予算の決定や部隊編成は、軍政である陸軍省管轄とされていた。

ところが第一次世界大戦後、総力戦をいかに戦うかという議論の中で、参謀本部は予算や編成など軍政事項も統帥権に含まれると、その権限拡大のために動いてきた。

特に昭和五年（一九三〇年）の海軍軍縮条約問題をきっかけとする軍部の統帥権干犯問題から一〇年は、その動きが顕著であった。それが日華事変の収拾の失敗と拡大につながり、国際関係の悪化につながっている。

岩畔はそうした歴史的解釈を古田に向かって一気に捲《まく》し立てた。

「従って、軍令機関を陸海軍ともに軍政の傘下に置き、陸相、海相が内閣総理大臣の命令下に置かれるなら、政治と軍事の乖離《かいり》はない。政官軍が一つになるのだ。難局を乗り切るにはこれしかあるまい」

古田の気持ちを正直に言えば、とんでもない時期にとんでもない部局に来てしまったというものだった。岩畔は国体変革はせず、これは革命ではないという。法的にはそうかもしれない。しかし、やはりこれは革命並みの影響を内外にもたらすだろう。

「お話を伺ってますますわからなくなったのですが、課長は小職に何をさせるお考えなのです？　時局研究会のメンバーとなり、陸軍なり軍務局の意見を述べるのは当然として、陸海軍の情報共有だけなのですか？」

「正確には、この謎の飛行機を操っている連中の技術と正体を管理することだ。貴官もこの情報が武器になるのは理解できよう。新体制運動の反対派にこの情報は渡せんのだ。新兵器に浮かれて、日華事変も解決していないのにソ連に攻め込んだら、日本は滅びる。それは避けねばならん」

古田はいまさら引き返せないことを悟る。

「そういう仕事は小職一人では手に余ります。人手と権限を与えていただけますでしょうか？」

「古田機関の事務所は、もう軍務局名で借りている。麹町のさる事務所が空いていたのでな」

「課長、お代わりを注文してよろしいですか？　ビフテキか何か」

「それくらい構わんがどうしてだ」

「外米と芋の飯を奢ってもらう代価にしては高すぎますから」

＊

八月二七日の午後、武園義徳中佐は和歌山県沖合に手配した二等駆逐艦にて、伊号第六一潜水艦の遭難現場に到着していた。

すでに海軍造船官などは漁船を借りて現場で作業を行っており、武園が到着したときには、潜水士が作業を終えたのか、漁船のデッキで潜水服を脱いでいるところだった。

武園は駆逐艦のカッターを降ろさせると、すぐに漁船へと移動した。

「潜水艦はどんな具合だ？」

この時の武園の意図は、破壊された伊号第六一潜水艦についてのものであり、具体的には引き上げが可能かどうかであった。サルベージ可能なら、何が潜水艦に起きたのかを確認できる。

潜水艦は本当にオリオン集団に破壊されたのか？　破壊されたとして、どうやって？　その威力は？　調査すべきことは少なくない。

だが、調査にあたっていた造船官の返答は予想外のものだった。

「一一人です！」

「一一人だと？」

武園は最初、その意味がわからなかった。何が一一人なのか？　しかし、海中に何か黒い塊が潜んでいるのを見て、彼は理解した。伊号潜水艦は沈没こそしたが、海底には沈まず海面付近の浅い場所にいる。おそらく艦内に空気が残っており、先程の一一人とはおそらく生存者の意味だろう。

予備浮力の小さな潜水艦は、一度攻撃を受けてしまえば瞬時に沈没してしまうのが通常だ。しかし、幸いにも伊号潜水艦は生存者がいる。それは何が起こったかを知る上で何よりの情報だ。武園の推測は、作業中の造船官により事実と裏付けられた。

「どうやら伊六一潜は、艦尾部が切断されたために、艦首部だけが残っているようです。潜水夫によれば艦尾部は存在していません。綺麗に切断されています。

いや、艦首だけでも海面付近に残って幸いでした。この辺の海域は水深二〇〇メートル以上ありますから、沈んでしまえば救出の方法はありません」

「それで、彼らの救助方法は？」

「艦首だけならワイヤーでポンツーンをくくりつけ、それからポンツーンの内部を排水すれば浮上できます。ただ乗員たちの状況は一刻の猶予も許せません。

そうなると危険を承知で、潜水鐘を利用しての脱出も考えねばならないかもしれません。ただ呉から潜水鐘を運ぶのが間に合うかどうか」

海軍軍人とはいえ、武園も潜水艦に詳しいわけではない。ただ目に見えるところに生存者がいるのに、自分たちには何もできない。それが歯痒《はがゆ》い。

そして武園は初めてオリオン太郎のことを憎いと思った。地球外の存在か何か知らないが、人間をこうして弄《もてあそ》んでもよいはずがないではないか。

潜水艦の乗員たちは、生きるか死ぬかもわからない中で苦しんでいるのだ。他人をそんな目にあわせる権利など誰にもないのだ。それが地球外人であろうとも。

その間にも造船官は、二等駆逐艦の水中探信儀を使いたいという。海中にある潜水艦の深度の観測と、それを作動させることで、艦内の生存者に救助活動が行われていることを伝えたいというのだ。

武園は秋津から「伊号第六一潜水艦がオリオン集団に狙われているかもしれない」と知らされ、駆逐艦の手配などを行っていた。しかし、間に合わなかった。

「いま、ちょっと検討したのですが、甲板のハッチにケーソンを当てて、そこから一気にケーソンへ全員を脱出させることができそうです。それだと完全に浮上せずとも、ある程度、浅いところまで運んでの作業が可能となります」

そう造船官は説明するが、武園にはそれもこの急場にはまどろっこしく思えた。

「ポンプで海中を漂ってる艦首部に空気を送り込んだらどうなんだ？　すぐに浮上するん

じゃないか？」

造船官は過去にも同様の質問をされたのか、冷静に武園に説明した。

「いえ、それは駄目です。生存者の減圧症は考えないとしても、下手に空気を送れば浮上して水圧が減少したことで内部の空気が暴走的に膨張し、加速度的に艦首部が浮上してしまいます。

そうなると海面から飛び出した艦首部が、再び海面に叩きつけられ、完全に水没しかねません。船体から切断された部位ですから強度には信頼は置けない」

専門家がそう言うならば、そういうものなのだろう。武園としては、造船官らの仕事を見守るしかない。それでも彼がここに来たのは、少しでもオリオン集団の正体に迫りたかったためだ。

旧友の秋津はオリオン集団を、地球の外からやってきた国かそれに準じる集団と信じているようだ。武園もそれを否定できる材料は持っていない。しかし、だからオリオン太郎がこの世界の人間ではないというのは、いまだに納得できなかった。だからこそここに確証を求めに来たのだとも言える。

「おい！　何か接近してくるぞ！」

駆逐艦の聴音員の声がスピーカーに流れる。作業支援のために、聴音室の音声は直接スピーカーに流れるようになっていたが、誰もそんな報告があるとは思ってもいなかった。

「水中探信儀にも反応あり！　急激に接近中！　速力は一〇ノット以上！」

すぐに艦上は騒然となった。

「潜水艦の支援も頼んだのか？」

武園の問いに造船官は首を振る。

「我々は呼んでませんし、その権限もありませんよ！」

武園は嫌な予感がした。猪狩がドイツで目撃した高性能潜水艦の話を思い出したからだ。

「国籍不明潜水艦！　距離五〇〇！」

スピーカーの声はすでに絶叫に近いものになっていた。ただ武園はむしろ冷静で、距離五〇〇メートルなら、近すぎて雷撃はできないだろうと考えていた部分があった。

「浮上してきたぞ！」

漁船や駆逐艦の乗員たちが口々に叫ぶ。

「伊号……いや、違う！」

武園は伊号潜水艦を軍港で浮上した姿しか見たことがなかったが、海軍最大の潜水艦でも全長は一〇〇メートル程度だ。しかし、浮上した潜水艦は少なくとも一五〇メートル近くある。

それだけではなく、どこの国の潜水艦にもある司令塔がない。艦尾に尾翼のようなものがあるので、明らかに人工物だが、それ以外の形状は鯨に近い。

その艦首らしい部分から、全長三〇メートルはありそうな二本のアームが伸びてきた。そして再び海中にその姿を没する。

「何をするつもりか？」

あの潜水艦には浮上する必要など何もなく、ただ自分の存在を誇示したいだけに思えた。それは明らかに、海中を漂っている伊号第六一潜水艦の切断された艦首部に向かっていた。破壊するなら雷撃でもすればいい。それをせず、さらにアームを伸ばすのは、あの艦首部を回収するためか？

しかし、すぐに再び周辺が慌ただしくなった。

「海面が白濁してるぞ！」

あちこちからそんな声がする。艦首部が漂っている辺りの海中が白濁し、それがさらに拡大している。

「浮かび上がった！」

武園は思わずそう口にしていた。それが何に似ているかと言えば、氷山だろうという印象を彼は持った。

ただもちろん氷山ではなく、表面の質感に近いのは石鹸の泡だろう。巨大な石鹸の泡に包まれた、潜水艦の艦首部が海面に浮かんできたのだ。

「救護班、急げ！」

駆逐艦の軍医らしい士官が、我に返ったように叫び、医務科の将兵がカッターにより、浮かぶ泡に駆け寄る。救護班は泡を掻き分けて艦首部に迫ると武園は思っていた。それは救護班もおそらくは同じだっただろう。

しかし、その泡は思った以上に剛性があった。剛性といってもスポンジ程度のものであったが、衛生兵らはその泡の山を登ってゆくことができた。

スポンジの山を登り、スポンジをむしり、潜水艦の船体に触れる。そうしてハッチを探り当て、一時間後には、乗員たちは外に出ることができた。

ただ、乗員たちは疲弊していた。

「高圧タンクはいつ来るんだ！」

「迅鯨《じんげい》の到着は夜になります」

軍医たちが話しているのが武園にも聞こえた。どうやら艦首部が海面に持ち上げられたのはいいが、艦内では浮上に伴う急激な減圧が起こり、乗員たちは減圧症になったらしい。なので呉から移動中の潜水母艦迅鯨に収容し、高圧酸素療法で治療する必要がある。そういう会話をしていたのだ。

そして泡により浮上した艦首部に注意が集まっている間に、例の潜水艦の姿は消えた。水中聴音機も痕跡さえ摑めない。

「助けてくれたのか？」

現象を素直に解釈すれば、それ以外にはないだろう。しかし、自分たちで理由もなく撃沈しておいて、思い出したように救援するというのはどういうことなのか？

力を見せつけたいのかもしれない。だが、それだけですべての説明がつくとも思えなかった。そもそも力を見せつけるとしても、潜水艦一隻を沈めるというのは中途半端すぎる。あるいは戦艦などを撃沈して、日本との関係を悪化させたくないという意味なのかもしれないが、日本人の命を奪うという点では潜水艦でも同じことだ。伊号第六一潜水艦の乗員六二名で助かったのは、この一一名を含め一三名に過ぎない。他の乗員たちは艦と運命を共にしたのだ。

それとも多くの人命を失うのは駄目だが、少人数なら許されるとでも考えているのか？

「やはり奴らの死生観という話になるのか？」

そして武園は思う。ここまできたらオリオン太郎が地球外からやってきたという荒唐無稽な話を、事実として受け入れねばならないのかと。

「うーん、そういう質問をされるとは思っていなかったなぁ」

＊

武園たちの救援作業の最中に国籍不明の潜水艦が現れ、切断された艦首部が回収された翌日の八月二八日。

秋津はオリオン太郎に、伊号第六一潜水艦を攻撃した理由と、その艦首部分を救助した理由を朝一で尋ねた。だが、それに対するオリオン太郎の返答が、これだった。武園はオリオン集団と人間の死生観の違いではないかという意見を秋津への報告とともに述べていたが、彼にはそれも違う気がした。

死生観を確認する以前の段階というか、もっと本質的な前提が彼らと人類は異なる気がするのである。

「どういう質問をされると思ったんだ？」

秋津は重ねて尋ねたが、オリオン太郎の返答はいつものように彼が期待したものとは違っていた。

「ええと、多分、その質問への返答は互いに意味がないと思うんですよね」

「意味がない？　どういうことだ？」

「この秋津さんとの会話そのものが矛盾を含んでいるのですけど、まぁ、言いますよ。他に適当な手段もないので。

　僕らは人間とはこういうものであろうと考えてきた。それを前提に色々とやってきたわけです。もちろんすべてが思った通りの反応ではないですけど、俯瞰してみれば概《おおむ》ね思い通りの反応が返ってきた。

　つまりそれは僕らが考えていた人間の姿が、現実の人間と一定の枠内で一致していることを意味するわけですよ。

　だけど、大使館開設のお願いに関しては、ことごとく反応がズレている。僕らの予測では、追浜に飛行機が着陸してから大使館開設まで、大きな障害はなく、今頃は活動していたはずなんです。

　それなのに、現実はというと、大使館が仕事をするどころか、開設の目処《めど》さえ立っていません。

　これは結局、僕らの人間理解が間違っていたというか、少なくとも正確じゃなかったわけですよ」

　地球外人が地球人のことを一から十まで理解していたら、そっちの方が不思議だろうと秋津は思うのだが、どうもオリオン太郎の論点はそれとは違う。秋津はそういう印象を持った。

「具体的に何が間違っていたというのだ。そもそも伊号第六一潜水艦を攻撃したのも、誤差の修正と言っていなかったか？」

「言いましたけど、結果は失敗ですね。

最大の問題はですね、我々の理解通りに行動してくれる場面と、予想外の行動をする場面の両方が同時進行することです。これは本来ありえない。

すべて予想と違うか、すべて予想と合致するか、それが正しい理解というものです」

「すべて予想と違ってもか？」

「そのアプローチが完全に間違いとわかるのは、正しい理解の範疇ですよ。でも、地球の人たちは、予想通りに動いたり、動かなかったりする。これはつまり我々の理解が正しくないことを意味する」

秋津は自分は何をしているのか、再び不安になった。今までこうして日本語が通じているのに、オリオン太郎との話はまったく嚙み合わないのだ。が、そこで秋津はあることに気がついた。

「オリオン太郎の話では、僕との会話も意味がないというか、矛盾を含んでいることになる。

なるほどこうやって日本語での会話はできているが、君たちの人間理解が不正確なら、ここでの会話も本来の意味では成立していないはずだ。互いによって立つ部分が違っていて、単語の意味すら互いに同じかどうかもわからない。

それでもオリオン太郎が僕と会話する理由は何だ？」

秋津の質問にもオリオン太郎は動じない。ただこれまでの経験から推測すれば、秋津の疑問はオリオン太郎には満足のゆくものらしい。

「秋津さんの言葉が、僕が理解した通りの意図であるなら、その質問は的確です。あくまでも現時点においてですけど、僕らの間の会話で、正しく意味が通じていなくても、それは必ずしも解決困難な問題ではないのです。

この会話のデータを蓄積することで、話の食い違いのパターンがわかってきます。相互に意味が通じていないと明らかにわかる部分のデータが蓄積されるなら、そこからなぜ話が通じていないのか？　それについての分析が可能となる。そうした形で人間とは何であるかの理解が深まるのです」

「結果から言えば、オリオン集団は自分たちが完璧な人間理解をしていると思い込み、人類との接触を試みたが、それがまったくの的外れであったために、途方に暮れている。これがオリオン集団の現状か？」

オリオン太郎は、少し考え込むが、すぐに反論した。

「前半部は概ね僕の理解と、それほど大きな隔たりはないと思われます。後半部は明らかに不適切です」

「不適切とは？」

「途方に暮れるとは、どういうことですか？　理解できない事象に対する表現は、適切ではないでしょう」

秋津は、ずっと感じていた疑問を思い出す。オリオン太郎やその仲間に感情はあるのだろうか？　今までオリオン太郎は話の通じない部分はあっても、その仕草や身振りから感情があるのだろうと推測されてきた。

ただ、怒りや悲しみのような感情を露わにしたことはない。それはそうした感情がないからか、オリオン太郎が外交官なのでネガティブな感情を表に出さないだけか、どちらかと思っていた。

しかし、そもそもの前提が間違いかもしれない。オリオン太郎にも感情はある。ただそれを表情に表すかどうかわからない。少なくとも人間にわかるように表現する保証はどこにもない。

人間は、進化の過程で集団の中で人間と暮らしてきたから、人の感情を表情から読みとる能力に長《た》けてきたが、オリオン太郎たちが人間ではないならば、そういう動物レベルの部分で相手を理解しようとしても不適切なだけだ。そんなことを秋津は考えていた。

だが、『途方に暮れる』が理解できないとなると、人間とオリオン集団の違いは、もっともっと深刻なのかもしれない。

「途方に暮れるとは……実行可能な選択肢の欠如という事態に遭遇し、何も行動できないという現実を前にした時に生じる感情だ」

日本語としてその説明が適切かどうかは不安だが、こういう表現の方がオリオン太郎には届くだろう。秋津はそう考えたのだった。

「なるほど、それは地球の人間にしか理解できない感情ですね」

「なぜだ？」

秋津に対して、オリオン太郎は思い出したように、近くのカゴの中のアンパンに手を伸ばし、答える。

「僕らには、実行可能な選択肢が欠如することはありませんから」

# 6章　暗号機

一九四〇年八月二八日、モスクワにある在ソ連日本大使館の東郷茂徳《とうごうしげのり》特命全権大使は、日本から来た外務省職員の熊谷亮一《くまがいりょういち》と名乗る人物の訪問を受けていた。

肩書きは一般事務担当の下級書記官であるが、それはソ連に入出国するための方便であった。彼は通常の大使館業務には関わらないことになっていた。

熊谷と大使館の窓のない部屋で対面しているのは、一等書記官と東郷大使だけだ。

社交辞令的な挨拶を済ませると、熊谷は早速、与えられた仕事に取り掛かった。東郷としては見ていることしかできない。自分への訓令は、この男が持ってきているのだ。自分が米内総理と野村吉三郎《のむらきちさぶろう》外相から受けた命令は、熊谷を支援して指示を仰げということだけだ。

熊谷は外交行嚢《こうのう》として封印された、大きな旅行鞄を三つ並べた。鞄を運んでみた東郷は、どれも重いことが気になった。それぞれ縦横五〇センチを上回る程度で、厚さは二〇センチもない。それでいて重量は二〇キロはあるだろう。

鞄三つで米一俵の重さに等しい。熊谷は説明もしないまま旅行鞄を大型のテーブルに並べる。

華奢《きゃしゃ》な外交官に見えるのだが、腕力は相当のものであるようだ。東郷は熊谷の手の甲に刃物で切られたような古傷を認めた。指の関節には、拳闘で鍛えたようなタコができている。

腕っ節の強い外交官。部下としては頼もしいが、敵に回すと剣呑《けんのん》な人物。東郷は熊谷をそう判断した。

彼の来訪と合わせて、もちろん本国から略歴も届いている。会津の出身で東京帝大を卒業し、外務省に上位の成績で入省。法学部なのはわかるが、それとは別に数学についても学び論文も幾つか発表している。

ただ、東郷の経験からして、こうした略歴は書かれていることよりも、書かれていない部分こそが重要だ。この時期のモスクワに派遣されるからには、鉄火場《てっかば》の一つや二つは経験しているだろう。言うまでもなく、外務省職員のお上品な略歴に、鉄火場について記載はしない。

熊谷が鞄から取り出したのは、金属の塊だった。少なくとも東郷にはそう見えた。構造は縦横五〇センチ、厚さ一〇センチのアルミの弁当箱で、立てるのが正しい置き方であるようだ。面積の大きな箱の両側面は、同じ大きさの銅製の板で挟まれていた。

板の表面は高さ二センチ、幅二ミリほどの溝で覆われていた。こんなものは見たことがなかったが、強いて言えばエンジンシリンダーについている金属製の溝に似ている。あれは放熱フィンというらしいが、だとするとこの銅板も放熱のためのものであり、ならばこの大きな弁当箱は熱を発するのだろう。

三つの旅行鞄には全て同じものが納められており、熊谷はやはり鞄の中にあった電線を、それらの箱の表面にあるソケットにつなぐ。ソケットと電線のつなぎ方にはルールがあるようだが、東郷にはわからない。

「テレックスを用意するよう、お願いしていたと思いますが？」

「あぁ、そこにある」

一等書記官が気を利かせて、テレックスにかけてあった埃除けの白い布を外した。熊谷は一等書記官に会釈して、そのテレックスを電源とともに弁当箱に接続する。ソ連の家庭用電源は二二〇ボルトだが、トランスで降圧しなくてもそのまま使えるらしい。

「本日の訓電が届いていると思いますが」

「訓電ならこれだ」

東郷は茶封筒から書類を取り出す。そこにあるのは単なる数字列だ。熊谷が到着したら渡せとだけ指示されている。

熊谷はテレックスに、まず「One document」とタイトルを決めた後、訓電の数字列を入力する。彼はこうした作業にも慣れているようだ。

熊谷が数字を打ち終わると、ほぼ同時にテレックスが動き出し、文章を打ち出す。テレックスの構造の関係で、和文ではなく英文だが、もちろん東郷にはそれくらいの英文は読める。

「これが新しい暗号機というわけか」

東郷はやっと熊谷の装置を理解し、それが必要な状況であることを再認識していた。


東郷の見るところ、国際環境はいまも緊張の度合いを強めている。

ドイツのフランス占領とイギリスとの航空戦で、国際情勢はドイツの勝利で戦争終局に向かうかと思われたが、現実はより先鋭化していたのである。

一つにはドイツの空軍力によるイギリス攻撃は、ヒトラーがいうほどの戦果をあげていない。そして戦争長期化が現実のものとなりつつある状況で、独ソ間の緊張も高まっている。

これは直接的には独ソ間の国境線の兵力増強や、ルーマニア油田をめぐる両国の確執だが、それ以上に大きな要因としては、フランスの降伏がある。

そもそもドイツからすれば二正面作戦を避けるための独ソ不可侵条約であり、フランス降伏で二正面作戦の問題は解決した。イギリスは降伏していないが、ヨーロッパに兵を進める可能性もまたないだろう。

だからヒトラーから見れば、東部戦線だけに専念できる環境が整いつつあるわけだ。

では、ソ連はドイツに侵攻されるだけの被害者になるしかないのかと言えば、そうでもない。ソ連はソ連で戦争の準備をしている。ただしその理由は、ドイツ軍とは対照的に失敗が続いたためで、その遠因はスターリンの相次ぐ赤軍粛清にある。

赤軍の機械化を構想したトハチェフスキーが粛清され、赤軍の主流から彼の用兵思想は排除されてきた。

そうした中でポーランド侵攻が起こる。ここで独ソ両軍により、ポーランドという国家は分割され、消滅した。

しかし、この侵攻の中でソ連軍は苦戦に苦戦を重ねた。戦車部隊は補給が届かず、一部の車両を捨てて、その燃料を他の車両に移すことで前進させるという方法を取らざるを得なかった。

　また動員した歩兵戦車一七〇〇両が、故障などにより瞬く間に三〇〇両以上の脱落を見るという部隊もあった。こうした原因は補給体制ではなく、戦車などの機械にあるとして、戦車軍団の解隊が進められた。

　さらにポーランド戦の少し前から始まっていたフィンランドとの戦争でも状況は似ていた。この戦争も最終的にはソ連が勝利者になったものの、小国フィンランド相手に大国ソ連は少なくない痛手を被《こうむ》っていた。

　このフィンランド戦ショックにより、赤軍は再び改革を行わざるを得なくなった。これにはドイツ軍の機械化部隊の大戦果という対照的な出来事があり、機械化部隊への認識が改まったことも大きい。

　これにより二ヶ月前の六月には、ソ連軍もドイツ軍の装甲師団より強力な機械化軍団の構築に着手し始めていた。それと同時に、対ドイツ侵攻計画の研究に着手したというのだ。

　東郷の入手した情報では、それがドイツ本国まで前進するのか、いわゆるバルカン半島の確保なのか、それとも基本的に防衛戦の研究なのかは定かではない。

　しかしながら、いざ独ソ戦が、どちらから仕掛けられようとも、互いに相手の首都を占領するまで終わらないだろうことは予想がつく。巨大な軍集団が動き出した時、その慣性を止めるのは容易なことではないのだ。

だからフランスが降伏したことで、ヨーロッパの戦争は終わるのではなく、侵攻の向きを変えるだけになる可能性は高い確率で存在する。

そして東郷の関心は言うまでもなく、日本にある。もしも独ソ戦が始まれば、ドイツは日本に対して二正面作戦の参加を求め、ソ連は側背《そくはい》の安全を求める。

ここまでなら単純な構図だ。しかし、世界には日独ソの三国しかないわけではない。ここに中国という要素が加わるだけで、状況は一気に複雑になる。

日中間は事変という名の戦争状態にある。しかし日本も中国も、この戦争状態を戦争と認めていないし、また認められない。戦争となれば、国際法に従い、第三国からの資源の輸入は著しく困難となるからだ。

それでも実態は戦争以外の何物でもなく、少なくとも日本にとっては国力を無駄に消耗するものとなっている。占領地は増えているが、それは点と線に過ぎず、投入した国費がそこから回収されているわけでもない。

だから独ソ戦が始まるならば、ドイツもソ連も日本を自分たちの望む方に誘導する道具として中国が使える。ドイツは自分たちが仲介役として日華事変を終結させられれば、日本陸軍の目を本来の仮想敵国であるソ連に向けさせられる。

難しいのはソ連だ。善意の第三者として日華事変の仲介者となり、問題解決により日ソ間の関係を改善し、側背の安全を図るという方法が一つ。

もう一つは、中国を支援して日本軍を疲弊させ、ソ連侵攻の余力を奪うという方法が一つ。

ただこの方法も実は単純ではない。ソ連が支援するのを国民党政府にするか共産党軍にするかで、話は違ってくる。中国共産党を支援すれば、ソ連は日本軍と国民党軍の両方を敵に回すことになる。

では国民党政府を支援すればいいかと言えば、そうでもない。今でこそ国共合作で国民党政府と共産党は手を握っているが、両者は基本的に敵だ。

ソ連が国民党に肩入れすることで、国民党は共産党を先に排除しようと考えないとも限らない。事実、最初の国共合作は国民党側の動きにより失敗している。

仮にそれでも日華事変が終結したとしても、中国共産党が壊滅していたら、ソ連の中国への影響力も著しく減少してしまう。

しかも国民党政府も中国共産党も、それぞれが自分たちの思惑で動くのは間違いない。

そして日本はといえば、独ソとの関係を利用して英米に対峙しようとしているが、それはつまり関係国が多くなる分だけ、事態がより複雑化し、予測不能ということでもある。一つの国の予想外の行動が、関係する列強の動きに波及し、それがまた別の動きを生む。国際関係とは、そうした三竦《すく》み、四竦みの構造を持つ。

そうした中で重要なのは、本国と各国大使館との確実で安全な通信だ。諸外国が日本の暗号を解読できず、逆に日本だけは外国の暗号を解読できるなら、複雑な国際関係を武力に頼らず生き残ることができる。少なくとも国力を消耗する武力行使は最小限度にできるだろう。

「これは海軍技術研究所の谷造兵中佐という技術士官が開発したものです。諸外国が使用しているのとは比較にならないほどの高度な乱数機能を持ち、この装置で暗号化した通信は、これと同じ装置でなければ解読できません。

さらに、諸外国の機械式暗号装置の暗号は、本暗号機により容易に解読が可能です」

熊谷は自慢するでもなく、淡々と機械について述べた。東郷も外務省の人間であるから、主要国の機械式暗号機については知っている。歯車の組み合わせにより乱数を作り出し、その乱数から通信文を暗号に変換するというものだ。

興味深いのは、機械式暗号機でもっとも普及しているスウェーデンのクリプトテクニーク社C36は、フランス軍から大量発注されたこともあり、連合国、枢軸国を問わず広く購入されているという事実である。

　同じ機械でも初期設定がわからねば暗号を解読できないわけだが、このため敵味方ともに、C36型かその改良型を使っているのが現実だ。

　だから技研が、そのC36型の暗号を解読する機械を完成させるというのは、考え方としては不思議でも不自然でもない。もっとも、海軍の暗号技術がそこまで高度であったというのは意外であったが。

「しかし、機械式暗号機にしては妙な形状だな。テレックスを活用するというのはまだしも、初期設定のためのローターも見当たらないとは……」

「この技研式暗号機にはそうしたものはありません。そもそも歯車を使っていません」

「歯車を使っていない？　なら何を使っている？」

「真空管です。この三つの金属の箱には一つにつき一五万個、三機で総計四五万個に及ぶ超小型の真空管が使われています」

　その話に東郷は顔を曇らせる。目の前の箱は、一つが五球スーパーラジオ程度の容積しかない。四五万個どころか、せいぜい一五本から二〇本の真空管がいいところだろう。だが熊谷は、東郷のそうした当惑は想定済みであったらしい。

「不審に思われるのも当然です。小職も自分の目で見るまで信じられませんでした。しかしながら、これは事実であり、技研の天才的な閃きの産物です」

「天才ねぇ」

東郷はこの腕っ節の強そうな若い外交官が、名前も知らない技術士官を天才と呼ぶことに興味を覚えた。本当に天才かどうかはともかく、その谷とかいう技術士官には、それだけの能力があるのだろう。

「普通の真空管はガラスの容器に電極を入れ、内部を真空にします。ただ最近では、ガラスではなく金属容器に電極を入れて真空封印するタイプもできています。

この金属の弁当箱のようなものは、その応用です。金属のインゴットにミリ単位の微細な孔を穿《うが》ち、その中に電極を入れて真空にし、溶接で密閉する。

この密閉の時に万単位の真空管の電極を結合して回路を組み上げるなら、高密度の実装が可能となり、ラジオ程度の大きさの容器でも、これだけの回路が実現できます。

小職は技術者ではないので、具体的なことはわかりませんが、概《おおむ》ねこうした技術の産物です」

「四五万個の真空管か……」

さすがの東郷大使も、これだけの画期的な技術を日本が持っていたことが信じられなかった。おそらく普通のラジオのような組み方なら、体育館ほどの大きさが必要だろう。

「谷造兵中佐によれば、この弁当箱のような暗号機は暗号計算に特化した一種の演算機であり、長大な乱数により文章を暗号化するとともに、暗号化された文字列を通常の文章に戻すこともできる。

さらに諸外国の機械式暗号も、複数の暗号文は必要なものの、すぐに解読してしまえるという驚くべき発明です」

「すると、この暗号機さえあれば、世界中の暗号は日本には筒抜けということになるではないか！」

東郷は、この不思議な装置の大使館への搬入が、通常とは異なることにやっと合点がいった。要するに電子の力で驚異的な計算能力を有する装置であり、それが歯車式の機械暗号機を凌駕《りょうが》する乱数を発生させるとともに、歯車の組み合わせを割り出す計算をするのだろう。

「日本にはこれが幾つあるのだ？」

「それはお知りにならないほうがいいでしょう」

熊谷は丁寧だが有無を言わさない口調で、東郷にそう返答した。東郷もその反応には納得せざるを得ない。なぜなら、この画期的な暗号装置をどれだけ日本が保有するか？　その情報だけでも十分な武器になり得るからだ。

外交官のリアルな思考として、東郷は国家機密の永続性の類は信じていない。通信は他人に情報を伝えるからこそ意味がある。つまり自分以外の他人が通信文を読めるという大原則がある限り、遅かれ早かれ情報は漏洩《ろうえい》する宿命を持つ。

むろん誰も知らずに終わる通信も無数に存在するが、それらは国家戦略にとって価値がないからに過ぎない。国益を左右しかねない情報には激しい争奪戦が展開しており、そうした欲求が存在するからには情報は漏れることになる。

日本を含め、諸外国が機械式暗号機を大量に導入しているのも、自分たちの情報を他国に知られないためであり、裏返せば他国の情報を知りたがる者ばかりだから必要となる。

とはいえ、スパイなり解読技術の進歩なりで情報は漏れる宿命にあるとしても、だから暗号は無意味というのも乱暴な話だ。

例えば世界を驚かせた独ソ不可侵条約にしても、事務方の交渉や本国とのやり取りは、条約締結前には絶対に知られてはならない情報だ。しかし、一度条約が締結され、存在が公表されたなら、暗号の価値は著しく減衰する。

だから独ソ間の秘密交渉の暗号解読が成功しても、それが条約の公表後では、価値を大きく減じてしまう。そう、情報は漏れるものだが、鮮度が物をいうものでもある。

明朝の奇襲攻撃という情報は、未明までなら役に立つが、正午ではもう役立たずなのだ。この暗号機も同じだ。自分たちの暗号が日本に解読されていることは、いずれ諸外国も気がつくだろう。そうなればその解読手段が問題となる。

そしてこの装置の存在が知られたならば、日本で開発できた機械を欧米諸国が製造できない理由はない。今は珍しくない蒸気機関もかつてはイギリスでしか生産できなかった。アメリカだけが飛行機を生産できた時代など一瞬で終わってしまった。日本の外貨獲得の大黒柱である絹織維にしても、古代王朝では国家機密であった。

バーナード・ショーは観念は他者と共有しても減らないと喝破したが、それは軍事技術にも言えることだ。おそらく目の前のこの画期的な暗号装置技術を日本が独占できるのは、五年か長くても一〇年だろう。そこから先は世界中がこの装置を活用しているはずだ。

だからこそ、この技術的優位の一〇年を日本は最大限に活用しなければならない。それが必要な国際環境に日本は置かれているのだ。

「それで、この装置を扱うのは貴官だけなのか？」

「それが一番安全でしょう」

熊谷は言う。この点で妥協は成立しないことを東郷は悟った。熊谷が嫌と言えば、使い方を知っているのは彼だけなのだから議論はそれでお終《しま》いだ。

「それで貴官はこれで何をする？　訓電には、この件に関しては全て貴官に従うようにと書かれているが」

「基本的に、独ソ戦が起こるのか、起こらないのか、それに対する情報収集が中心です。あくまでも小職の仕事は暗号解読です。その結果分析については大使館職員の助力を仰ぐこともあろうかと思います」

熊谷は頭を下げる。目の前の男は平静さを装ってはいるが、難題を前に緊張しているのが東郷にもわかった。

暗号を解読して、その内容を分析するというが、どんな通信が手に入り、どうやって分析するのか、そこまでの目算は彼にも立っていないのだろう。だから大使館員の助力を仰ぐことになるとの曖昧な表現になってしまうのだ。

「わかった、政府の指示に従おう」

＊

熊谷亮一は、腱鞘炎《けんしょうえん》になるのではないかと思うほど、テレックスを打ち続けた。ある程度、仕事の流れがつかめたら大使館の職員を借りるつもりだった。

東郷特命全権大使は、熊谷を外務省の人間としか見ていない。それはもちろん嘘ではないが、任務という点では外務省より時局研究会の調査活動だ。

オリオン太郎とその背後にいるオリオン集団は、本当にソ連と接触を持っていないのか？　ドイツとの関係はどうか？　熊谷の調査目的はそれが中心で、独ソ戦の可能性はこれらに従属するものでしかなかった。

手本になる装置があったとはいえ、このような画期的な装置を組み上げた谷造兵中佐というのはまさに天才と言えよう。もっとも彼によれば、こうした装置は別の形で以前より考えていたらしい。

電波探信儀の信号処理精度を上げる方法を考えていた時に、基本原理を思いついたのだという。技術の理論面では、逓信《ていしん》省電波試験所の染谷勲《そめやいさお》なる技術者の研究も参考にしたと聞いた。またこの装置は二進法を用いているというのだが、その基礎的理論は富士電機という民間企業で働く塩川新助《しおかわしんすけ》という技術者の助力も仰いだという。

谷造兵中佐が逓信省や民間企業の技術状況を把握できたのは、特許庁の仕事にも関わっていることが大きいらしい。じっさい塩川は昭和九年に二進法リレー回路の特許を取得し、谷とはその頃からの付き合いという話も耳にしている。

そういうことでいえば、この暗号機は国産機とも言えるのではないかと熊谷は思っている。

出発点が電波探信儀というのも重要だ。これは英語にするとRadio Detecting and Rangingとなり、イギリスでは頭文字を取ってレーダーと呼んでいる。ドイツ空軍の侵攻を阻止できているのも、彼らがドーバー海峡にレーダーを設置し、戦闘機隊を効率的に運用できているためとも時局研究会の分析にあった。

それほどの重要技術に谷は数年前から着目し、研究していた。特許庁で海外からの特許情報を扱っていた彼には、国際関係が緊張してからレーダー関連の特許や論文が出なくなったことに、ますます自説への確信を深めたという。

だから熊谷は、オリオン集団が地球の外からやってきたという話には今も懐疑的だ。その説を強く主張しているのは京都帝大の秋津とかいう天文学者であるが、そんな発想は天文学者くらいしかしないだろう。

オリオン集団の正体は不明だし、彼らが高い技術を持っているのは間違いない。しかし、だから地球の外から来たというのは極端すぎると熊谷は考えていた。

星と星の間を移動するにはとてつもない技術が必要なはずだ。しかし、オリオン太郎の飛行機は、人間に理解可能な技術水準でしかない。

だから熊谷には、オリオン集団の正体は、自分たちが見落としているだけの、もっとはるかに合理的な存在だと思えるのだ。

それもあって熊谷は黙々と通信文を解読し続ける。ヨーロッパ諸国の政府や軍司令部レベルの通信解読を行ってゆけば、必ずオリオン集団に関する言及があるはず。それが熊谷の考えであり、時局研究会から彼が期待された任務でもある。

しかし、現時点では成果らしい成果は出ていない。それはこの暗号機の特性であった。ともかく暗号機が十分というまで暗号文を入力しないとならない。そして十分集まったなら、蓄積した暗号文を処理し、解読したものを打ち出すのだ。

東郷大使に説明するときは、「One document」と機械に指示して訓電を解読したが、あれは日本の暗号文だから、簡単にできたに過ぎない。設定も何もわからない機械暗号に対しては、それなりの分量を機械に読み込ませねばならないのだ。

その入力すべき暗号文は文字数にして三万から四万文字であるという。一言でいえば本一冊をまるまる打ち込めというようなものだ。

ただこの暗号機は、特定の単語を幾つか設定しておくと、解読した暗号文の中に、その単語が含まれているものだけ印字する機能も付いていた。

本一冊分の暗号文を入力したら、暗号機により同じ量の文書が解読され、印刷される。それを今度は人間が読み込まねばならない。それを考えたら、この単語の設定機能はありがたい。谷造兵中佐から使い方を教わった時、この機能のありがたみはさほど感じなかったが、今はこの機能があって良かったと思っている。

「STOP」

テレックスが印字する。どうやらそれ以上の入力は不要ということらしい。

熊谷はこの暗号機が時に、不気味に思えることがある。耳も目もないこの弁当箱のような装置は、明らかに言語を理解しているとしか思えない反応をすることがある。

むろんそれは世間話ができるような水準ではない。しかし、それでも単語の入力に対して、常に対応する適切な単語を返してくるのは、一般常識で考えても単語を理解しているとしか思えない。

しかも驚くべきことに、この装置は単語を間違えたりすると、そのミスを指摘する。テレックスは漢字表記はできないので、やり取りは簡単な英語だが、限定された言葉のやりとりは知能の働きを感じさせずにはいなかった。

開発者の谷は暗号機と言っているが、これはそれ以上の何かではないか。熊谷は東郷の手前、この装置に精通している顔をしたが、内心では、いまだにこの装置の全貌を把握し切れていない気がするのだ。

熊谷がそう思っていた時、突然、テレックスが英文を打ち出し始めた。入力した暗号を解読し、復号した文章から設定した単語を含む文章を打ち出しているようだ。

熊谷はノートを見直す。自分はどんな単語を検索するように設定したか？　装置の試験も兼ねていたため、一つはドイツ国防軍情報部のカナリス海軍大将であった。

これはソ連側がドイツ軍情報部のカナリスをどう評価しているか？　上手くすればドイツ国内のソ連スパイの存在も明らかになるかもしれない、そうしたことを期待してだ。

そしてノートにはもう一つの単語が書かれている。桑原茂一、それはブレーントラストから時局研究会に至る、熊谷と同時期から参加している古株のメンバーだ。

外務省の人間である熊谷と異なり、桑原は現役の海軍軍人だ。しかもフランス大使館勤務であり、熊谷とは面識がない。正直、桑原を快く思っていないのは確かである。

それは突き詰めるなら、軍人が外交官の真似事をしているためだ。統帥権を盾に、軍部は政府にまで干渉しようとしている。その中で桑原のような人間が外務省管轄にまで手を出すのが許しがたかったのである。

それなのに熊谷が高木惣吉主宰のブレーントラストのメンバーだったのは、海軍に協力するというより、自身がメンバーとなって海軍側の情報を得るとともに、軍部に外務省の影響力を行使できる回路を作るのが目的だった。

むろんそれは熊谷個人の思惑であり、外務省の意向ではない。しかし、彼はそれが必要だと思っていた。そうした意味で桑原のような人間は、同じ機関に属してはいるが、敵とは言わないまでも味方とは言い難いのだ。

そんな桑原の名前を検索に加えたのは、彼の行方がわからないという話をシベリア鉄道で移動中に知らされたからだ。ただ桑原が行方不明になるのは珍しいことではない。なのでその報告も物のついで程度の扱いだ。

熊谷としては、ドイツやソ連の暗号通信の中で彼の動向がわかるなら、それはなかなか興味深いことではないか？　そう思ったのだ。

打ち出された暗号は三通ほどあり、いずれも分量は多くない。この装置の優れている点は、検索で指摘した単語部分に下線が表示されることだ。

最初の二通は、ベルリンのソ連大使館からの定時報告らしく、カナリス部長がドイツ陸軍参謀本部に注意を向けている模様という内容だった。ただ具体的な内容は記されていない。

だが熊谷の手を止めたのは三通目の通信文だった。まずそれはドイツ国防軍情報部より発信されていた。カナリスの名前が引っかかったのは、そのためだろう。

だがその通信文の中には、もう一つの下線があった。そこにあるのは桑原茂一の名前である。フランスはドイツに占領されているから、ドイツ軍が在フランス大使館に属する桑原の動きを監視するのはわからないではない。

しかし、文面はそうしたものではなかった。まず、国防軍情報部が発信した暗号文の受け手は「??????」となっている。これは送信先がわからないことを意味する。

確かに日本の外務省が、カナリス部長が通信を送る相手をすべて把握していない可能性はある。しかし、ドイツの高官が通信を送る相手は限られる。主要官庁や部隊は把握しており、わからないということはまずないはずなのだ。

だが送信先以上に不可解なのは、通信文そのものだった。

「貴殿らの疑問に対する回答を送るにあたり、安全な手段を検討した結果、日本海軍の桑原茂一少佐をそちらに送るのが最適と結論した。委細は彼から確認されたし」

この暗号文が送信されたのは、一週間以上前の八月一九日となっている。在モスクワ大使館に暗号機の試験のために集めさせていた通信のストックでも古い方だ。

熊谷はその通信文を前に、一人でどう解釈すべきか逡巡していた。この通信をそのまま受け止めるなら、桑原はどこかの段階でカナリス部長と会見している。そして日本海軍の人間にもかかわらず、ドイツ国防軍の何かのメッセージを託され、どこかに送られた、となる。

熊谷は桑原の行動には批判的であるが、彼が二重スパイの類であるとは思えない。確かに気に入らない人間ではあるが、それくらいのことはわかる。

この短い文面では断定できないが「桑原茂一少佐をそちらに送る」という表現は、桑原自身は、そうした役割を託されていることを知らされていない可能性も含んでいる。それが桑原の消息がわからない理由なのか？　ただ桑原が自覚しているにせよ、していないにせよ、メッセンジャーの役割を担っているとすると、相手側の返答を携えて戻ってくるはずだ。

熊谷はそう考えて、深い考えもなく、キーボードから「Is Kuwahara coming back?（桑原は戻ってくるのか？）」と打ち込んだ。すると暗号機が動く。

「YES（然り）」

熊谷は驚いた。この暗号機の反応はどう解釈すればいいのか？　彼はさらに打ち込む。

「Where did Kuwahara go?（桑原はどこに行った？）」

暗号機はすぐに反応した。

「?????」

これは何を意味するのか？　暗号機にもわからないのか、それとも正体不明のカナリスの交渉相手を意味するのか？

「What does "?????" mean?（?????とは何だ？）」

それに対する暗号機の返答は当然のものだった。

「????? is ?????」

熊谷はさらに続ける。

「Where is the "?????"?（?????はどこにあるのか）」

暗号機は印字する。

「It is Earth（地球である）」

熊谷には、その返答は挑戦に思えた。

「Who are you working for?（お前は誰の意思で動いているのか？）」

暗号機は返答する。

「?」

暗号機がそれ以上の反応を示すことはなかった。

*

オリオン太郎は、相変わらずオリオン屋敷に幽閉されている状態だったが、武園も秋津もそれが有名無実化していることは理解していた。オリオン屋敷に留まるか、抜け出すか、すべてオリオン太郎の考え次第なのだ。

それを誇示するためか、伊号潜水艦が撃沈された翌日には、オリオン屋敷の上空で座布団みたいな飛行機が通過するのが目撃されている。

状況を重く見た武園は、オリオン屋敷近くに監視所を設けるとともに、屋敷近くにある秋津の事務所を、プレハブ小屋の増築ではあるが拡張していた。

一個分隊の海軍陸戦隊の人間にトラック一台にサイドカー一台が常駐するという塩梅《あんばい》で、明らかに海軍施設としか思えない。それが時局研究会のオリオン集団に対する意思表示らしい。

らしいというのは、時局研究会の有力メンバーとされながらも、科学者である秋津は組織の意思決定にはまったく関与することができなかったからだ。

現状で可能なのは、武園に秋津の考えを伝え、それが組織としての意思決定に反映されるのを祈るくらいだ。この状況の数少ない利点は、秋津の行動に制約が加えられないくらいだろう。

ただこれもオリオン太郎が交渉役として秋津だけを指名しているために過ぎず、やはりオリオン太郎の考え次第では、その立場を一瞬で失いかねないのだ。

それでもひと頃と比べれば、オリオン集団の情報は、多少は入手できるようになった。

たとえば、伊号潜水艦の攻撃について議論した翌日のオリオン屋敷でのやりとりは、こんな具合だった。

「伊号第六一潜水艦を撃沈したのは、ピルスです」

オリオン太郎はそんなことを秋津に突然話し出す。

「ピルスって？」

「大気圏内を移動するための乗り物です。地球の人には飛行機というのが通じやすいでしょう。形は皆さんが知ってる飛行機とはかなり違います。座布団みたいな形状ですから」

「大気圏内を移動する乗り物がピルスなら、大気圏外を移動する乗り物もあるのか？」

「もちろんですよ。それがなかったら僕はここにいません。パイラと言って、ピルスより一回り大きな円盤型の飛行機です。地上と宇宙を移動するための乗り物」

秋津は紙と鉛筆をオリオン太郎の前に差し出したが、ピルスやパイラの絵を描く気はまったくないらしい。それらには触ろうともしない。

「ついでに言えば、伊号潜水艦の艦首部を泡で救助したのはガプスです」

「撃沈して救助したのか、無駄なことを」

秋津はそう冷静に言ったものの、毎度のことながらこうした点では、オリオン太郎に不気味さを覚えていた。

いまだに原理はわからないが、オリオン太郎は外部で起きていることをオリオン屋敷に居ながらにして知っている。小型無線機の類が疑われているが、何度かの身体検査でもそのようなものは見つかっていなかった。

今もそうだ。潜水艦の切断された艦首部を救助した話まではしているが、それが潜水艦による救助であるとまでは話していない。まして泡の話などは一つもしていないのだ。

「ガプスというのはあの潜水艦の名前か？」

「僕らの海中移動用の乗り物です。でも、潜水艦じゃありませんよ。海中を移動する飛行機です」

かくの如く、オリオン太郎の言うことはわからない。

「飛行機は空を飛ぶものだろう？」

「飛行機と呼ばれる乗り物の中に、海中移動用のものがあるということです。考えてください。僕らは宇宙に住んでいるんだから、潜水艦なんか持ってるわけないじゃないですか。飛行機の転用です。多少は改造しますけど」

「飛行機を海中移動させる利点なんかあるのかね？」

「地球の人は船を波の上で移動させますけど、造波抵抗が馬鹿にならないでしょう。それより水没させたほうが造波抵抗が無くなるからいいじゃないですか。

表面積抵抗の問題もありますけど、十分に平滑《へいかつ》すれば地球の海上を移動する船より高速ですよ。そもそも動力の強さが違いますからね」

どうもオリオン集団のいう飛行機とは、自分たちのいうロケットのようなものらしい。宇宙を飛ぶロケットと、大気圏内を移動するロケットがある。そしてロケットの一部は改良されて、潜水艦として活用される。

秋津なりにオリオン太郎の話を解釈すれば、そうなるようだ。確かに圧力の問題を解決すれば、宇宙を飛行するロケットなら潜水艦にも転用は可能だろう。

事実とオリオン太郎の言葉から、推論し、仮説を修正しながら意味を考える。ガプスの件は、まだ妥当な相互理解が成り立っており、これでもオリオン太郎との会話では上出来なほうなのだ。


八月三〇日、秋津はオリオン太郎との会話の内容をまとめて報告書を作成していた。そんな時に、外が妙に騒がしい。

「秋津先生、技研から先生宛に荷物が届いておりますが」

そう言って秋津の部屋に現れたのは、武園の部下である福永修二《ふくながしゅうじ》海軍大尉だった。ここの施設の管理と武園との連絡は彼が担当していた。

「技研から……」

秋津の知人で海軍技術研究所に勤務している人間といえば、電波望遠鏡開発の中で知遇を得た谷恵吉郎造兵中佐くらいしかいない。彼も時局研究会のメンバーであることは武園から聞いている。

これは当然で、オリオン太郎が持ちこんだ四発陸攻を分析するには技研の協力なしには不可能だ。そして谷は技研の電子技術方面では中心人物の一人である。

福永の指示で陸戦隊員たちが秋津の仕事場に荷物を持ち込んできた。秋津の研究室は、研究機材を将来整備する必要を考慮して、この家の中では一番広い部屋だった。

そこに大型の旅行鞄のようなものが八個持ち込まれた。天地無用と紙が張られており、そこそこ丁寧には扱われてきたらしい。秋津は学生の引率で、陸軍の小演習に立ち会ったことがある。大学職員も軍事知識を学べという、時局に対応したものだ。

その時に野砲だったか山砲だったかの砲弾を運んでいた箱が、目の前に並んでいる鞄に似ていた。さすがに砲弾そのものではなく、砲弾並みのデリケートさが要求されるというのだろう。

陸戦隊員たちは、鞄から中身を取り出す。用途不明の金属の箱と、ケーブルと思われる電線の束だ。他にはテレタイプが運ばれていた。

福永はその間に手紙を手渡した。差出人はやはり谷造兵中佐で、宛先は言うまでもなく秋津である。定型文の挨拶の後で、彼はこう記していた。

「貴殿が以前話していた解析機関を、オ案件の機材を参考に試作しました。演算機と呼んでおります。オ案件の解決に活用していただければ幸いに存じます」

文面にあるオ案件とは、オリオン太郎関連の案件を指す。しかし、それよりも解析機関で話が通じる人間は、おそらく海軍でもオリオン太郎の存在を知る人間よりも少ないかもしれない。

解析機関とは、イギリスのチャールズ・バベッジという技術者が挑戦し、失敗した歯車式の演算装置のことだ。単純な機構については試作されたとも聞いたが、解析機関そのものは一九世紀中葉の技術水準では実現せず、あるいは今日《こんにち》の機械技術でも無理かもしれない。

海軍技術士官として特許庁の業務にも関わっていた谷造兵中佐は、そうした内外の技術情報にも通じていた。

技研では電波探信儀の研究に従事していた谷造兵中佐は、日本におけるこの方面での研究の遅れを深刻に受け止めており、諸外国に追いつくために独自に取り組みをしていたらしい。

それは送信電波を標的に照射し、戻ってきた反射波に対して特殊な数学的処理を施すことで、ノイズと反射波を分離し、分析するというものだった。

反射波のパターンを分析することで、単に距離と方位のみならず、相手の正体や数をも割り出し、可能なら射撃照準も行う。そうすれば水平線の彼方からの砲撃でも、敵艦隊を一方的に撃破できるというわけだ。

幾つかの数学処理について谷は秋津にも手紙で意見を求めてきたが、その中には、そうした構想の断片が記されていた。谷が本気なのは、海軍のみならず逓信省の若い研究者の理論や民間企業の技術者の研究なども優れたものは、積極的に学んでいることからわかった。

秋津がオリオン太郎と関わりを持つ少し前ぐらいから、谷の手紙も途絶えていたが、時期的に追浜に四発陸攻が着陸し、彼が機体の調査を任された頃と一致した。

もっとも谷がブレーントラストの一員だったと知ったのは、ごく最近のことであったが。

最後の手紙では、十進数ではなく、二進数を利用する演算装置が問題を解決するだろうとあった。民間技術者が開発したリレーを用いた二進法の計算機に触発されたという。

どうやら目の前の八つの金属の箱は、そうした研究成果によるものらしい。しかし谷造兵中佐の長年の研究の蓄積があったとはいえ、これらの装置の完成度の高さは印象的だ。

縦横の一辺が六〇センチ、厚さが四〇センチの銅製の箱である。それらが八つある。見かけは一〇〇キロ以上ありそうだが、陸戦隊員たちは一人で動かしていたので、中は中空なのだろう。

その他に谷が手書きしたらしいガリ版刷りの手帳ほどの冊子があり、配線の仕方が描いてある。

「福永君、とりあえず後の作業は僕がやる。君たちは出ていてもらえないか」

「わかりました。何かあれば呼んでください。隣の部屋にいます」

福永は陸戦隊員たちと部屋の外に出る。秋津は自分だけで作業を行った。機密に関わると判断してのことだ。

八個の銅の箱は、前後左右の四面全てにエンジンシリンダーのようなフィンが施されていた。図によれば、まず床に六〇センチの間隔をおいて、縦横二個の箱を並べ、その上に残り四個を積み上げるとなっていた。

最初、箱の区別はないものと思ったが、上面にコネクターがある四個と下面にコネクターがある四個があり、前者が下で、後者がその上に乗る形だった。箱を積み上げてもコネクターの周辺だけは縦横一〇センチ程度の隙間ができたので、ガラスを研磨して望遠鏡を作ったことのある秋津にとっては、配線はそれほど難しくはなかった。

実は同じように見えて、八個の形状はコネクターの配置などが微妙に異なり、どこに何を配置すべきかはちゃんと決まっていた。配置が間違っていると、長さ二〇センチほどのケーブルが接続できないからだ。

面倒臭いと思う一方で、これなら暗い中で手探りでも配線ができる。海軍だけに、説明書も照明もない中で修理できるような、武人の蛮用に耐えることが求められるのか？

谷が何を考えているのかわからないのは、電源スイッチがないことで、家庭用電源に繋ぐための電線が二本用意されていた。冊子によると、コンセント二つを占領する仕様らしい。

コンセント二つに電線を接続して、やっと箱の一つに赤いランプが点灯した。フィンとフィンの間なので、そこに電源ランプがあることさえわからなかった。

冊子には、この八個の金属箱の中に、オリオン太郎の陸攻にあった射撃指揮装置を参考にして、箱一つに真空管相当で三〇万個、八個すべてで二四〇万個に相当する回路が収められているという。

谷がいうのは、あの金属板に小さな穴を開けて、電極を封入し、大密度で真空管を実装する技術のことだろう。二四〇万個の真空管で何ができるか秋津には想像もつかないし、それが家庭用電源で動くというのも信じ難い。だが、現実は目の前にある。

冊子にはテレタイプを接続しろとも記されていた。指示に従い電源ランプが光っている箱のコネクターにテレタイプを繋ぐ。テレタイプ用のコネクターがあるのはその箱だけだ。

秋津の悪い癖は、機械を使うとき、先に説明書を読まないことだ。機械のスイッチを入れてから、おもむろに説明書を読む。家電はそれで困らなかったが、この演算機なる装置に対しては、そのやり方は悪手だったらしい。

配線を終えたのちに、何をすべきかがさっぱりわからない。ざっと説明書を眺めてみるが、「演算機の命令語の基本は、ただ一つにして、その動作は、レジスター甲の数値とレジスター乙の数値を演算器にて処理したのち、結果をレジスター丙に格納するものなり。すべての命令語はこの基本命令の派生型なり」などとある。どうも演算機と演算器は別の意味を持つらしい。

そもそもこの装置は薄い冊子を読んだだけで理解できるものではないのではないか？ とはいえ谷は、秋津なら使いこなせると考えてこの冊子にしているはずだ。

あらためて冊子のページを進めると、「演算機の使い方を理解するために、最初に試すべきこと」という独立した章がある。

冒頭には、英語に似ているが、何かの暗号としか思えない一連の記号が羅列されている。

演算機の命令語というから、ＡＤＤは加算、ＳＵＢは減算の意味だろうくらいの推測はつくが、ＪＭＰとかＬＤなどとなると見当もつかぬ。

ともかく、冊子通りに打ち込む。終わったらＬＩＳＴと打ち込めとある。秋津がそれに従うと、テレタイプが動き出し、彼が今まで打ち込んだ文字列が印字された。

「打ち出された文字列を冊子の文字列と比較し、誤りがないか探すべし。誤りがあれば、該当する行について、以下のように打ち直すべし」

じっさい三ヶ所の間違いを見つけ、冊子に従い修正し、再度ＬＩＳＴと打ち込んで今度は間違いがないことを確認する。ここまでに一時間以上かかったが、秋津は実際にこの演算機を動かしながら、これがどんな装置であるか理解できた。

谷造兵中佐は解析機関と言っていたが、これはそれ以上の機械だ。人間の記号によるアクションに対して、機械からのそれに対応したリアクションがある。これは非常に制約が大きいものの、会話と呼んでいいのではないか？

秋津は冊子の指示に従い、ＲＵＮと打ち込む。即座に、テレタイプが反応した。

「HELLO WORLD」

テレタイプはその一文だけを印字していた。

「世界に向けての挨拶か」

秋津は直感した。この演算機が誕生したことは、間違いなくこの世界そのものを変えるだろうと。

# 7章　国際学会

　昭和一五年九月二日、秋津俊雄は眠らない日々を送っていた。谷造兵中佐から送られてきた演算機の習熟に昼夜を忘れていたためだ。

　人気《ひとけ》のない山荘の事務所には、電話はあるものの、交換所を呼び出して繋いでもらわねばならない。都会にあるような直通電話はない。また今は、自分同様に時局研究会のメンバーである谷造兵中佐と連絡を取るのは容易ではなかった。

　武園も言葉を濁すが、追浜の四発陸攻は本格的に解体されて分析に回されており、谷はその関係で外部との連絡を制限されているらしい。

　秋津に送られてきた演算機も、どうやら同じようなものが何セットか他にあるらしい。どういう用途で用いられているのかわからないし、そもそも自分以外のどこに送られているかも定かではない。

ただ谷の方は秋津の所在を知っているのか、演算機が送られてきた翌日、関係資料が送付されてきた。それも同包の冊子と同様に谷の手書きのガリ版刷りではあったが、判型も大学ノートほどで、厚さも一センチほどあった。それだけ基礎実験を繰り返したのだろう。秋津は、谷造兵中佐の優秀さは知っていたが、正直、オリオン太郎の来訪から数ヶ月で、こんな装置が製作できたのが不思議だった。

しかし資料をみると、日付が記載されているものがいくつかある。どうやらこの資料は二、三年前から少しずつ作成したようで、演算機そのものが完成する前から、理論的検討を行っていたらしい。

さらに、資料には修正した紙が貼られていたことから、過去の理論が間違いであることが確認されて訂正する必要に迫られた部分もあるようだった。

これだけでは結論できないが、谷造兵中佐は二四〇万個の真空管は論外としても、真空管一〇〇個程度の演算機の試作機くらいは作っていたのではないか？　さもなくば導けない記述も散見されるのである。

興味深いのは、当初、谷は演算機の使い方を「演算工程」と記述していたのだが、最近のものに関しては「プログラム」と称するようになっていることだ。

どうやら設計段階では、概念として日本語でプログラムを考えていたが、いざ現実に機械に実装する段階で、何千も種類がある漢字より、アルファベットで処理できる英語の利用に切り替えたらしい。その流れで「演算工程」は「プログラム」となった。

秋津も電気回路にはそこそこの知識はあるのだが、谷造兵中佐の資料には意表をつくような記述が多く、たとえば記憶装置がそれだ。

どうも彼も最初は真空管で記憶装置を再現していたが、ある時期からコンデンサーに切り替えている。コンデンサーとは電荷を蓄える部品だが、金属板にうがった無数の穴に電極を入れて、電荷の有無で数値を表現することにしたらしい。これで飛躍的に記憶装置の容量が増えたという。

ただ記憶回路の原理から、演算機は一度稼働したら電源は落とせない。落とせばプログラムは消える。だから演算機がプログラムの記述間違いから暴走を始めたら、コンセントから電源を引っこ抜くことになる。

このように記憶装置もコンデンサー式に改良されると、記憶回路（谷は文書の中でレジスターと表記している）の容量も著しく増大した。これに伴い資料も最近のになると、記憶装置関係の命令が拡充された。命令語そのものはレジスターの数値を演算器を通してレジスターに移動させるだけでそこに違いはない。ただレジスターを管理するレジスターなど、特殊なレジスターが増えたことで命令語が拡張されたのだ。

ともかく数値データもプログラムも、演算機の記憶装置の内部に閉じているので、計算はすべて電子の速度で進む。一番遅いのはテレタイプへの印字速度だろう。

ちなみに資料によれば、プログラムを切り替えたい時には、テレタイプ付属の紙テープにプログラムをすべて打ち出し、読み込ませればよいらしい。

ただ谷自身は、電子の速度で計算する演算機のプログラムを紙テープで管理することは、「技術の敗北である」と記載しているほどで、「プログラムを管理するプログラムの開発が急がれる」とよくわからない記述もあった。

じっさい秋津も失敗した紙テープの山を作りながら、独自のプログラムをかけるまでになった。計算が正しいかどうかを検証する意味もあって、日の出、日の入りを計算するプログラムだが、見事に計算結果と同じ時間に陽が昇り、沈んだ。

しかし、秋津はただ漫然とプログラムを書いていたわけではない。彼はそうしながら考えていた。

谷の演算機は確かに画期的な発明であり、社会を変革する力があるかもしれない。だが、基礎理論は人間が考えたものであるにせよ、集積真空管技術はオリオン太郎たちのものだ。

つまりオリオン太郎は噯気《おくび》にも出さないが、谷のものよりもはるかに高性能の演算機を保有し、運用している可能性は少なからずある。

そうだとすれば、オリオン集団の文明は自分たちが想像できる以上に発達している可能性がある。ただ、ならばオリオン集団は神の如き存在かと言われると、それもまた納得し難い。

それほどまでに超絶した存在であれば、世界各地に高性能機を飛ばして人類との接触を図る必要はないのだ。彼らが高度な文明を宇宙に築いていたとしても、未だに人間との接触が必要な水準にとどまっていることになる。

あるいはオリオン集団と地球人類の技術水準は隔絶というほどのものではなく、一〇〇年程度の差でしかないのかもしれない。

もちろん一〇〇年の文明の差は小さくはない。一〇〇年前の日本といえば、江戸幕府の時代であり、蒸気機関さえ知られていない。

そして隣国ではアヘン戦争が起きており、蒸気軍艦により大国の清は大敗した。日本でも幕末には、下関戦争で欧米の軍艦の圧倒的な力を見せつけられた。

だが、日本は欧米から学び続け、下関戦争から一〇〇年しない間に、世界有数の海軍力を保有するに至った。日本が欧米の科学技術を追い越したというのは言い過ぎとしても、互角の勝負ができる分野が多いのは確かだろう。

同じことがオリオン集団と人類の間にも言えるのではないか？　今でこそ圧倒的な技術的優位を誇るオリオン集団だが、人類が彼らに学び、その技術や科学を習得するのに一〇〇年は十分な時間ではないか？

文明の遅れが一〇〇年、という数字には根拠はない。倍の二〇〇年とか一〇〇〇年の隔絶の可能性さえある。そもそも文明のあり方を時間差で計測しようという考え方そのものが不適当かもしれない。

しかし、一つ確かなのは、オリオン集団が人間との関わりを持とうとする限りは、彼らの文明は人間が到達できない超人的なものではないということだ。人間との関係を築こうとすること自体が、彼らの能力の限界を示している。秋津はそう考えた。

それは自分たちにとって、強みなのか、それとも弱みなのか、その結論はまだ出せない。

「おい、起きていたか」

秋津が軽く昼寝をしようかと思っていた時に、武園がやってきた。椅子を勧めてもいないのに、彼は近くのスツールに腰をかける。

「秋津、お前、何をしたんだ？」

そう言いながら、武園は演算機の存在に気がついた。何かの家具だと思っていたらしい。

「これか、技研の新兵器は」

何気なく演算機を手のひらで叩こうとした武園を、秋津は止める。

「止めろ、火傷《やけど》するぞ、こいつは結構熱くなるからな」

「福永が言ってたが、ここ二、三日は、閉じこもってこいつにかかりっきりなんだと？」

「オリオン集団の技術検証だ。こいつは彼らの技術を元に作られた装置だ」

それを聞いて、武園の表情が変わった。

「奴らの技術の秘密がわかったのか？」

「ごく一部にとっかかりができた程度だ。ただオリオン集団とて神様じゃない、とは言えそうだ。

しかし、何かそっちでもわかったのか？」

「思った以上にあの陸攻が厄介だというのがな」

武園によると、追浜に着陸した四発陸攻は、通常の飛行機のように胴体、主翼、尾翼などと分解できないという。機体全体で一つの部品であり、ネジや溶接による接合ではないという。

「空技廠《くうぎしよう》の技術士官によれば、金属製のスポンジがあって、それを飛行機の形に削り出した。そんな作り方としか思えないそうだ。その金属スポンジも基本はアルミ合金だが軽くて丈夫な素材だそうだ。

どうやって作るかはわからないが、仮にこの金属スポンジで精密鋳造できたなら、たい焼きのように戦闘機も爆撃機も量産できる」

「多分そうじゃないんだろうな」

秋津は思ったことをそのまま口にした。

「どういうことだ！」

「たい焼きのように機体が量産できるなら、どうしてオリオン集団は各国に一機しか飛行機を飛ばさない？　目撃された最大数は東京に侵入した六機だけだ。どういう製造方法か知らないが、量産にはあまり向かないんじゃないか」

「まぁ、日本人同士がここでそんな話をしても始まらん。それよりこれだ！」

武園は今どき珍しい海外郵便を秋津に差し出す。

「中身は検閲済みだ。まぁ、内容に問題はないと言えばない」

「あると言えばあるのか？」

武園は手紙を読めと促す。それはどうやらソ連から来たものらしく、キリル文字が描かれていた。京都帝大の秋津の研究室に送られたものが、海軍省に転送され、そこから時局研究会を経て武園が持ってきたようだった。

差出人はヴィクトル・アンバルツミャン。キリル語は読めない秋津だが、この文字の並びは彼のものであった。ソ連の若き天文学者でプルコヴォ天文台に勤務している。

しかし、何より重要なのは、このアンバルツミャン博士こそ、オリオン集団が放った人工衛星「天の目」を最初に発見し、軌道要素を計算した人間だということだ。

「それでだ、どうしてお前にソ連の天文学者から手紙が届くのだ？」

「天文学者に、天文学者から手紙が届いて何がおかしい？」

「俺は、日本人にソ連から手紙が届いたのは何故かを訊いている。いいか、お前が下手なことをすれば、今の立場を失うことになりかねんのだぞ。お前は時局研究会の一員なんだからな」

「博士とは国際学会で面識があったから、そのせいじゃないか」

秋津は武園にそう説明すると、やっと封筒から手紙を取り出し、目を通す。アンバルツミャン博士の名前から秋津は天の目に関するものを期待したが、中身は意外にもそうではなかった。

その文面はヨーロッパで戦争が続いている中で、IAU（国際天文学連合）の総会を、一九四二年を目処《めど》に行うための準備委員会を立ち上げたいというもので、日本からは秋津俊雄教授に参加して欲しいという内容であった。

一九〇四年にアメリカの天文学者であるジョージ・ヘールが太陽研究国際協力連合を設

立したが、名称とは異なり、この組織には太陽以外の天文学の研究者が参加していた。

その後、第一次世界大戦が始まり、全米研究評議会の議長であったヘールは連合国側の科学研究を支えるという意図のもとに、さまざまな学問分野を包括したIRC（国際調査会議）が創設され、ブリュッセルに本部が置かれた。IAUはこのIRCの下部組織として、同時に創設された。

IRCの創設は一九一九年で、すでに戦争は終わっていたが、連合国の敵国であるドイツなどの同盟国側の研究者は排除されていた。

この排除条項は一九二五年に廃止されたが、ドイツはIRCへの加盟を拒否していた。それは一九四〇年のいまも続いている。

手紙にあったIAUの総会は、一九二二年にイタリアはローマで開かれた第一回総会から、一九三八年にスウェーデンのストックホルムで開催された大会まで六回が開かれていたが、七回目については戦争の影響で開催地さえ決まっていない。

秋津はそうしたことを武園に説明した。

「封筒の差出人はアンバルツミャン博士だが、本文についてはプルコヴォ天文台長のアレキサンドル・ドイチュ博士の名前で提案されてる」

「なんで、封書の差出人と手紙の名前が違うのだ？」

「アンバルツミャン博士とはストックホルムで面識があるからだろう。いきなりソ連から見知らぬ名前で手紙が届いたら警戒すると言ってるのは、武園、お前なんだからな」

ストックホルムのIAU総会に秋津が参加したのは事実だが、そこでアンバルツミャン博士との面識はなかった。そもそも博士はIAU総会に参加していない。ソ連の国内事情から海外渡航には相応の危険が伴ったためだろう。

アンバルツミャン博士と秋津の接点は、だからオリオン集団の人工衛星である天の目の観測に関するやりとりだけだ。そして秋津はプルコヴォ天文台のアンバルツミャン博士宛に、日本での観測結果の報告を送っていた。

その報告については実は郵便では送っていない。時局研究会で知り合った外務省の熊谷に手紙を託していた。ソ連に着いたら投函してくれるように頼んだのである。理由はその方が早く届くだろうというもので、検閲逃れが目的ではないが、結果的にそれは賢明だったかもしれない。

時期的に、この手紙はそれへの返答であるはずはない。ただ秋津はアンバルツミャン博士に、受け取ったデータをもとに観測は行うという電報は送っていた。この手紙はそれを意識したものだろう。つまり準備委員会を口実に、観測結果を知りたいということか。

オリオン集団の人工衛星を他に観測している人間がいたとするなら、そうした人たちとの情報交換はこの状況下では重要な意味を持つだろう。

それは秋津の時局研究会への不満の現れでもある。武園をはじめとして、時局研究会のメンバーは決して知性では劣っていない。少なくとも秋津が知る範囲ではそうだ。

しかし、そんな彼らでさえ、地球外人の存在が理解できない。地球の外から人間以外の高等生物とその文明がやって来ようというのに、彼らはそれを人類とか地球の問題ではなく、日本の問題としか見ていない。

否、日本の問題と解釈するのはまだマシだろう。オリオン太郎の技術を海軍の利益のため、あるいは陸軍の利益のために活用するという頭しかない人間も多いのだ。

現時点で、必要なら外貨として金塊も提供できると言っているオリオン太郎に対して、大使館開設の返答はできていない。それができない理由を武園は、明治憲法が徹底した縦割り構造なので、誰にも決定できないのだと説明している。

確かに法的にはそうなのだろう。しかし、問題を党利党略でしか見られない人間たちには、やはりオリオン集団の大使館問題は解決できまい。

「手紙によれば、準備会の会場としてはレニングラードのプルコヴォ天文台が提案されている。ということはソ連の科学アカデミーが実際の主催者だろう。参加する価値はあるんじゃないかな」

秋津の言葉に武園は顔色を変えた。

「オリオン太郎を置いて、お前は日本を離れるというのか？　この大事な時期に。学会か準備会か知らんが、レニングラードなら、一月は日本を留守にすることになる。新体制運動を一気に進めようかというときに、どういうつもりだ？」

「なら言わせてもらうが、時局研究会や政府は、オリオン太郎をどうするつもりなんだ？　大使館問題にも明快な返答をせず、その情報は一部の人間が独占している。

だが、彼の存在は地球や人類全体の命運をも左右するかもしれない。それをいつまで一部の人間に独占させるつもりだ。全人類に対して時局研究会は責任を負えるのか？」

「我々は私利私欲ではなく、日本のために働いているんだ！」

武園は声を荒らげたが、秋津は彼が親友ではなく、すでに旧友となったことを知った。武園が私利私欲で動いていないと言うのは、嘘ではないだろう。少なくとも彼の主観では。

この問題は、日本の国益という次元で考えるべきではないのだ。

よしんば国益を重視するとしても、それは日本だけが情報を独占することとイコールではない。何故ならこの問題は、日本政府や軍部だけで解決がつくほど小さなものでも単純なものでもないからだ。その解決には、諸外国の科学者を総動員するくらいのことが必要だろう。

　言うまでもなく現時点でそんな活動は行われていない。そしておそらく、これがドイツやイギリスやアメリカでも大同小異であろう。戦争が現在進行形で起きており、日本も戦時下にある状況ではなおさらだ。

　だからこそ、IAU総会準備委員会を利用して、科学者相互の国境を超えた取り組みが必要なのだ。せめて科学者間の情報共有がなければ、国境が人と情報を遮断している現実は地球にどんな災厄をもたらさないとも限らない。

　なるほどオリオン太郎は、いまは善良そうに振舞っているが、彼がアンパンを頰張りながら、仲間が潜水艦を撃沈すると教えたことを忘れてはならないのだ。潜水艦を沈めた爆弾が、明日は東京やワシントンを直撃しないとは言えないのだ。オリオン集団について知らなければ、ほとんどの人類にとり、それは完璧な奇襲となってしまうのである。

「研究会の議事にかけるまでもない。お前のソ連行きは認められない。認められるはずがない。どうしてもというなら名代《みょうだい》を立てることだ」

「これは人類全体に関わる問題なんだぞ！」

秋津が引き下がらないことに、武園は驚いていた。しかし、彼もその程度では動じなかった。

「自分は帝国海軍軍人として国防に責任を負うものだ。国益に反するような真似を看過できない！」

「国防って……」

地球全体が攻撃される可能性も否定できない中で、日本だけが守られる。そんな不思議なことを武園は信じられるのか？　地球全体が焼き払われている中で、日本列島だけが無傷である——さすがに武園とてそんな光景がありえるとは思うまいに。

秋津は武園の話を思いだす。明治憲法下における徹底した縦割り構造が、オリオン集団の大使館開設についての意思決定さえ難しくしている。それを問題視している武園でさえ、少し立場が変われば、その縦割りの構図から逃れられない。

「ともかく諦めろ。時局は学者の道楽を許せるような状況じゃないんだ」

武園はそれだけを言い捨てて、部屋を出て行った。後には、秋津と手紙だけが残った。

＊

オリオン太郎という人物と会ってから、猪狩の生活は多少変わり始めた。一番の変化は決められたエリア内なら、外に出るのも許されたことだ。

もっともそれほど大きな島ではないことと、立ち入り禁止の施設もあり、歩き回れる場所は決して広くはない。ただ、島の地形が日々変化しているのは、猪狩も気がついていた。偽装が巧みなので、最初は気のせいかと思っていたが、立ち入り禁止とされていた建物が拡張され、すでにそこそこの大きさの丘陵になっている。

オリオン太郎と会った時は、基地施設のパイラ用の出入り口は一ヶ所だったが、猪狩はすでに少なくとも、そうした出入り口が三ヶ所に増えているのを認めていた。

猪狩は何度となく、再びオリオン集団の施設への侵入を試みたが、一度も成功していなかった。砂浜に残る車の轍《わだち》を追跡したら、すでに前回の出入り口は完全に壁として埋められていた。場所が移動したらしい。

移動したとわかるのは、オリオン花子が日に一度は猪狩の住居を訪れるからだ。しかも、日本だけではなく、ドイツやアメリカ、イギリスなどの新聞を持参しての訪問だ。

さすがにその日の朝刊というわけにはいかず、数日前のものをまとめて持ってくる形だが、情報に飢えている猪狩には何よりの馳走であった。

猪狩は海外生活の経験が長いので、紙質や活字の違いなどで、持ち込まれた新聞がオリオン花子たちが捏造《ねつぞう》したものではないと判断していた。

そして本物の新聞という仮定のもとに熟読した。時間だけはいくらでもあるから、読み比べは可能だ。

猪狩が読み取ろうとしていたのは、国際情勢ではなかった。彼が見つけようとしているのは、オリオン花子たちの活動の痕跡だ。猪狩がこの島にいる間にも、パイラやピルスが飛び立つ姿を何度も目撃した。毎日ではないとしても、一日に一度は見ているだろう。

自分が空中戦艦でこの拠点に運ばれた時、彼らは大都市の上空を飛行した。その意図は猪狩にはわからないが、同様の行動を彼らが続けていたならば、何某《なにがし》かの痕跡が新聞に載っているのではないか? 噂話とか、こぼれ話でも数を集めるなら、見えてくるものがあるはずだ。

もちろん猪狩はそれほど多くの情報は期待していなかった。パイラやピルスの存在を知っている猪狩だからこそ、こうした視点を持てるわけだが、その知識なしでは気の迷いと思われるのが関の山だろう。

しかし、いざ調べてみると、意外にそれらしい情報が多い。どうも戦時下ということで、未確認の飛行物体への感度は高いようだ。それが原因なのか、アメリカの新聞には参考になるような記事はない。アメリカ人の防空意識が低いためか、オリオン花子たちがアメリカに何も飛ばしていないかの、いずれかだろう。

数で言えばヨーロッパ方面が多い。正体不明の物体が目撃されたという報告は、空襲や防空の文脈で記事にされていた。ただその扱いは様々だ。

これは、オリオン花子が一流紙もゴシップ紙などの赤新聞も区別せずに持ち込んでくるためだ。宇宙からやってきたと主張する連中の話が本当なら、新聞の格の違いなどわからないのも無理はない。

一流紙の扱いは「最近は防空意識の高まりで、自然現象などを敵機と誤認し、報告する事例が多発している。恐怖心に駆られることなく、冷静な対処が求められる」という警告めいた内容だ。

対する二流紙以下の媒体だと「マットレスのような平たい物体が空を飛んでいた」とか「丸い円盤状の物体が高速で通過した」という興味本位の記事が中心だ。

普通はゴシップ紙の売らんかな主義の記事に眉を顰《ひそ》める猪狩であるが、この時ばかりは感謝した。平たいのはピルス、丸いのはパイラで間違いあるまい。

とはいえゴシップ紙はゴシップ紙なのであり、「空を天の戦車が走っていた」というデタラメもあれば、「丸い円盤状の飛行機がJu52旅客機を抱きかかえて飛んでいった」という事実を大幅に脚色したような記事もある。

アジアの新聞は日本のものだけだが、イギリスの新聞にはインドや中国の短信記事もあり、その中にもやはり報告が見られる。アジア方面となると、国籍不明機という表現になり、暗に日本軍機を指しているようだった。

こちらに関しては香港租界で国籍不明機の活動が活発化しているというものをはじめとして、ニューデリーやシンガポールでの記事がある。

これらはいずれもイギリスの植民地であり、日本軍の航空隊に対する防衛力強化を提案する論調に通じていた。

生憎《あいにく》とそうした記事に書かれている物体の針路はかなり曖昧だった。方位三七度五分一〇秒などというレベルでの精度は望むべくもない。東西南北とその間程度の正確さしかない。それでも数が集まると見えてくるものがある。

猪狩は作業を行うにあたり、オリオン集団は一つの拠点より最短距離で飛び立つと仮定した。この仮定は疑問な部分もあるが、結果に矛盾が生じたら、また別途考えればいい。作業前に前提を意味もなく複雑にしては結論の分析が難しくなる。

猪狩は自分がいまいる場所については、南洋諸島のいずれかと考えていた。

だから目撃談の傾向が南洋諸島と矛盾しないなら、オリオン集団の地球の拠点は一つ。一定の傾向が見られるが南洋諸島ではないなら、複数の拠点があることになる。

まずドイツ、イタリア、フランス、イギリスでの目撃例では物体は南東か北西に向かっていた。むろん微妙に方位は違うのだろうが、概《おおむ》ね同じ方角で往復していることが察せられた。

とはいえ、西ヨーロッパの南東というのは、あまりにも広漠すぎる。しかし、目をアジアに転じると目撃例は興味深い傾向を示す。

まず香港では物体は南西か北東に向かって移動している。つまりオリオン集団の拠点は香港を中心に、南西・北東方向の延長線上のどこかにあることになる。だとすれば南洋諸島以外にも拠点があることがわかる。

興味深いのはシンガポールとニューデリーからの報告だ。まずシンガポールでは国籍不明機は西でなければ東へ飛んでいる。これが意味するのは、拠点は赤道付近のどこかということだ。

そしてニューデリーでは、シンガポールとは対照的に南北方向を移動している。つまりオリオン集団の第二の拠点は、インド洋にある赤道周辺の環礁なり島なりとなる。それは西ヨーロッパの南東方向と矛盾しない。

だとするとモルジブ諸島周辺のどこかということになる。

さすがに猪狩もその周辺の海域について詳しいわけではないが、人跡未踏で誰にも発見されない島嶼《とうしょ》があっても不思議はない。

ただ新聞記事で彼らの拠点が絞り込まれたということは、彼らの活動範囲も推測できる。一つは南洋諸島とモルジブ諸島の二つしか、彼らは拠点を持っていない。別の表現をすれば太平洋とインド洋しか活動領域にはない。

モルジブからイギリスまでの距離は九〇〇〇キロ前後ある。それだけの範囲でパイラやピルスが活動できるなら、地球のかなりの領域を押さえられるだろう。

そしてモルジブ諸島と南洋諸島の距離はざっと七〇〇〇キロであるから、オリオン集団は日本列島からソ連、西ヨーロッパまでを掌握できることになる。

ただし、南北アメリカ大陸に対して策動を行うには、拠点が足りない。アメリカに対して積極的な活動を行うには、ハワイ以東と大西洋の中間点あたりにも拠点が必要となるだろう。

オリオン太郎はアメリカにも使節派遣を検討するようなことを言っていたが、猪狩の分析が正しいなら、彼らが未だにアメリカにはアプローチしていないのは、工作の中心となる拠点を欠いているためではないのか？

猪狩はこの自分の分析を仲間に伝えたかった。それが正しいなら、世界の主要国はオリオン集団の拠点を発見できるし、武力で対峙することが可能となる。

もちろん現実に交戦して自分たちが勝てるのかどうかはわからない。イギリス空母やドイツ戦艦がたった一機の爆撃機に撃沈された有様を目にしたのは、他ならぬ自分ではなかったか？

だが一ヶ月以上ここに幽閉され、猪狩には彼なりの仮説がある。理由はわからないが、オリオン集団の構成員は絶対的に人数が少ないらしい。

それが証拠に、猪狩はここで自分以外の者が五人以上集まっている現場を見たことがなかった。もちろん丘陵のような基地の内部には入ったことがないので、五人しかいないことはないだろう。五人であれだけの建築工事を行うのは不可能だ。

ただ彼らの社会構造はわからないが、何某かの指揮官らしい人物はオリオン花子しか見ていない。唯一の例外はオリオン太郎だが、両者の関係は今もわからない。

オリオン花子はここの拠点の（こういう表現が許されるなら）指揮官であるという。それは本人が認めた。オリオン太郎については、自分にはそれを開示する権限がないという返答で逃げられた。

だが猪狩にとってこの拠点でもっとも驚愕したのは、例の口無したちだった。

ある時、口無し二人と新聞束を持って現れたオリオン花子に猪狩は尋ねた。その二人は何者かと？　口や鼻がないのはなぜか？　と。

オリオン花子は、そんな質問が出てくることに驚いているようだった。

「それは重要なことですか？」

「私にとって、重要な興味の関心対象だ」

日本語としては不自然な表現だが、こういう言い方のほうがオリオン花子には通じやすいことを猪狩は学んでいた。

「お答えできるものに関しては返答できますが、質問の意味を明確にしてください。何者かという質問は、具体的に何を知りたいのですか？」

猪狩は答えに詰まる。何者かと尋ねたら、普通はそれでわかってくれる。しかし、オリオン花子はそうでなかった。それをうっかり忘れていた。

「まず、彼らを君は何と呼んでいる？」

「個別には、そうあなたたちの表現では符号を割り振って識別しています」

それはどうも名前のことだと猪狩は理解したが、彼が知りたいのはそれではない。

「いや、個別の識別ではなく、集団として彼らをなんと呼んでいるのだ？」

それに対するオリオン花子の返答は、やはり猪狩の予想とは違っていた。

「個別の識別がつくのに、カテゴリーの名称がなぜ必要なのですか？」

「えっ……」

なぜ必要かと言われても……それが猪狩の率直な思いだ。ただ、そこから別の疑問が生まれた。

「個体識別が可能だからカテゴリーによる分類が不要と言うなら、君たちは日本とかドイツをどう認識しているのか？　つまり君らにとって国とはなんだ？」

「オリオン集団にとって、国に意味はありません。地球の人たちにしても、我々は個別に識別して管理しています。その方が都合が良いので。

ただ、そうは言っても皆さんは国民国家という枠組みによって行動を規定されているので、オリオン集団にとっては意味はありませんが、あなたたちを管理する上で活用はしています」

それは猪狩にも議論したい話であったが、どう切り込めばいいのかわからない。いまの自分には準備が足りない。

「話を戻す。そこの二人が所属する民族か何かの呼称は本当にないのか？」

「ありません。必要に応じてグループ化する場合はありますけど」

「地球にあるもので、彼らにもっとも近い存在は何か？」

それは、猪狩の主観では別の話題に切り替えたものだった。つまりオリオン花子の返答により、彼らが地球についてどこまで知っているかがわかる。それを期待しての質問だ。

特に猪狩が注意したのが、奴隷という返答が戻るかどうかだ。世界から奴隷が根絶されたと言えるかどうかは不確定な部分がある。しかし、オリオン集団が飛行機を飛ばしてきたような地域では奴隷は存在しない。

猪狩はこの質問で、オリオン集団について重要な情報が得られることを期待したが、これも期待とは違った返答が来た。

「地球には該当する存在はありませんが、強いて言うなら馬や牛です」

「馬や牛……なぜ？」

「人間ではないけど、人間社会で労働を提供して生きている。そこまで概念を拡張すれば、馬や牛が該当するでしょう」

「つまり、その二人は人間ではないというか、君らとは別の種族なのか？」

オリオン花子は当然であろうという表情を見せた。

「オベロです。この二人が所属するカテゴリーの名称です。今、そう設定しました。オベロ、あるいは使役人ですね、あなたたちに理解できる形で言語化すれば」

猪狩の記憶によれば、オベロとはスペイン語で労働者を意味する。使役人という別の表現とも一致する。オリオン花子がスペイン語の単語をいまここで当てはめたというのは、本当に彼らの呼称がなかったのだろう。

「オベロのような存在は、地球にはありません。我々の社会で単純労働を担う形で共棲している構成要素です」

猪狩は迷った末に、こう尋ねた。

「奴隷とは違うのだな？」

「地球で今も見られる奴隷とは異なります。オベロとオリオン花子は別の生物です」

個体識別ができれば民族や種族の呼称は不要というオリオン花子の説明からすれば、オベロと花子が別の生物という表現も額面通りには受け取れない可能性がある。

オリオン花子が何か指示を出したのか、二体のオベロは同時に顔に手を当てた。

オベロに口も鼻もないのは、本当にないのではなく、皮膚と同じ色のマスクを密着させているためだった。ただマスクを下ろした姿に猪狩は悲鳴をあげかけた。

人間の鼻に相当する部分には、魚の鰓《えら》のようなものが何層にも重なっているのが見えた。そして口に相当する部分は、口吻《こうふん》になっていた。

口吻はマスクの中で折りたたまれていたが、伸ばせば二〇センチほどにもなるだろう。

確かにこれはオリオン花子とは別の生き物だ。

「地球の人間と猿のような関係が、君らとオベロの間に存在するということか？」

「違います。オベロは地球の人が知らない他の惑星の生物です。もちろんオリオン集団とは無関係な生態系で誕生したものです。見てもおわかりでしょう、オベロがどう進化したとしても、オリオン花子のようにはなりません」

進化などと言われると猪狩もどう返答すべきか迷ってしまうが、オベロとオリオン花子が別の生き物であるくらいわかる。しかし、それはそれで重要な事実を示唆していると猪狩は思った。

「オリオン集団は、地球の人間をオベロのような存在とするつもりなのか？」

「そういうつもりはありません。そもそも猪狩さんは、オベロのような存在とは何か理解してますか？」

そこをオリオン花子に突かれると猪狩も反論できない。名前さえ今わかったばかりなのだ。

「使役人なのだろ。つまり我々を労働力として活用するかどうかだ」

「オリオン集団が大使館を開設したとして、現地からの資源に多くを依存することになりますし、経済活動も行われるでしょう。

交易が成り立ったとして、そこで手に入れた物資は地球の人間の労働力を活用することになりますが、そういうことですか？」

猪狩としては、オリオン集団が地球の人間の主人となり、労働力を搾取するようなことの有無を確認したかったのだが、その微妙な意味の相違をオリオン花子に伝えられる自信はなかった。

猪狩自身は大学で経済学は学んでいたが、それだけに問題を単純化できないことも理解していた。だから、議論の方向を変える。

「オベロは君たちの社会でどういう役割を担っているのだ？」

「どうも使役人という名称が適切ではなかったようですね。しかし、ここで名前をいじっても仕方がないでしょう。

オベロは、大昔にオリオン集団が地球より遠く離れた惑星から持ち込んだ動物です。当時のオリオン集団はその惑星のある植物に興味があったのですが、その植物の健康を維持するには、オベロの原種を一緒に持ち込む必要があった。この時点ではオベロの原種は野生動物のような存在でした。

その植物がオリオン集団の社会の中で重要な存在となるに従い、植物と共棲していたオベロの原種たちは、植物のみならず文明社会の中で共棲するようになった。

最初は植物を管理する機械の操作を覚えることで、植物を最良の状態に保ち、数を増やし、結果としてオベロの原種も世代を重ねて行った。そうやって植物の管理という部分から文明世界の中で自分たちの生存場所を拡大し、今日《こんにち》のように社会の中で然るべき役割を担う存在となったのです」

「狼が人間と生活する中で犬となってゆくような話だな」

「確かに馬よりも犬としたほうが理解しやすいかもしれません」

この話が事実として、それがとてつもなく長い時代の話であるくらいは猪狩にもわかる。オベロは狼が犬になるレベルの話ではない、日常生活の雑用をしたり、車両程度の機械を操作する能力を持っている。品種改良的な行為があったとしても、万年単位の時間が必要だっただろう。

「何万年かかっているんだ？」

猪狩の質問にオリオン花子は困ったような仕草をした。

「その何万年というのは、どのような座標系を前提としての話ですか？　それがわかっていないのに時間の計測を論じるのは無意味では？」

「ざ、座標系……」

どうも何か物理的な話になったようだが、残念ながら猪狩には何を論じているのかさえよくわからない。話に聞く秋津教授ならわかるだろうが、彼は数千キロの彼方だ。

ともかくこうして口無しがオベロという名前で、オリオン集団のなかで長期間暮らす中で、彼らの文明社会に適応した存在という概要だけはわかった。

ただオリオン集団の物の考え方や認識は、どうにも理解できない。オリオン花子とはなまじ日本語が通じるだけに、却《かえ》って誤解が拡大するように思えることも多々あった。

こうした日常の中で、猪狩はノートに自分の考察や観察したことを克明に記録していた。必要ならばスケッチも追加する。ノートについては新聞を持ってきたときに要求したところ、次の時に一冊だけ渡されていた。

フランスのG・ラロのノートであった。かなり高級品で、高いので猪狩も買ったことはない。新聞やノートを購入するための部門がオリオン集団にはあるのだろう。それは重要な事実だが、彼らの活動からして、そうした部門がないとしたら、そちらの方が不思議だ。

不可解なのはオリオン花子は間違いなく自分を監視しているはずだが、このノートについてはまったく関心を示していない。その気になればいつでも没収できると考えているためかもしれない。

だが今までのオリオン花子とのやりとりから、猪狩はノートに記述することの意味あるいは価値を、あの人物は理解していない可能性も捨てきれなかった。

オベロの名前にしても、個人識別ができるから種族的なカテゴリーは不要とオリオン花子は言っていたが、肝心の識別するための印がオベロにはどこにもない。身長も容貌もほぼ同じで、区別するのは困難だ。だが彼らは相互に識別できる。彼ら独自の手段で情報を処理できるからではないのか？

そのためか自分たちが行っているようなノートへの記録というものは、彼らから見てそれほど価値が認められないらしい。しかし、記録媒体が何であれ、重要なのはそこに記された情報だ。

珍しく四体のオベロを伴ってやってきたのは、猪狩の記録に間違いがないなら、九月三日のことである。

「出かけましょうか」

オリオン花子はいきなりそう切り出した。

「出かけるって？」

「日本です。お約束していたと思いますが？」

そう、確かにオリオン花子はいつか猪狩を日本に帰すと言っていた。ただ、それは猪狩を安心させるための方便か何かだとばかり思っていた。まさかここで戻されるとは。

オリオン花子がそう言うと、オベロが買い物かご程度の大きさの袋を猪狩に手渡す。何の変哲もない袋だが、布の感触は絹に似ていた。もちろんそれが絹などではないのは間違いない。絹よりもさらに軽く、しかも丈夫だ。

「持ち帰りたいものがあれば、それに入る程度までなら構いません。色々と証拠も必要でございましょうから」

「証拠って？」

「ここに滞在していたことを示す証拠です。何一つ物証がなければ、猪狩さんが監禁されていたことを証明できないじゃありませんか」

ノートを没収されないことには安堵したが、袋に入る範囲のもので何を持ち帰るのかは悩んだ。

まず新聞は一紙ずつ最新のものを持ち帰る。それによりオリオン集団の地球での活動の一端がわかるかもしれない。すべて三日前の日付の世界各地の新聞を確保できる点で、猪狩の狂言ではないことは推測できるはずだ。仮に狂言としたら、その労力はとてつもないものとなる。

支給された着衣はそのまま持ち帰れるだろう。これも未知の素材で作られている。あとは袋そのものも証拠だが、布だけでは物証としてまだ弱い。

「お別れに記念品をもらえないだろうか？」

「意味がわかりません。そもそもこれは別離ではありません。猪狩さんとはまた会うでしょう」

「また会う？」

「会えないとしたら、オリオン集団は失敗したことになります」

オリオン花子は、彼らの計画通りなら、再び猪狩と会うことになると仄《ほの》めかす。

「会うって？」

「大使館ができるなら、いつでも会えるじゃないですか」

どうやら猪狩が日本に戻るのは大使館開設と関係あるようだが、仮定の話とするのは、大使館そのものがまだできていないためだろう。

「物証が必要ならこれをどうぞ」

オリオン花子は服のポケットから何かの金属片を取り出す。猪狩はそれを手にとって驚愕した。

「これは小判じゃないか！」

ただし慶長小判のような代物ではない。大きさや形状は似ているが、表面にはオリオン小判と刻印が打たれている。質《たち》の悪い冗談かと思ったが、それも小判を手に取るまでだ。海軍の重要資源を手に入れるための商事会社である元禄通商の人間として、これが純度の高い金塊であるのはすぐにわかった。

「小判なら邪魔にならないでしょう。我々にはこれが十分な量だけ用意できます。日華事変を金で解決したいなら、それに必要な小判を用意できるのはオリオン集団だけでしょう」

オリオン花子らが日華事変を知っているのは不思議でもなんでもないが、その解決法を提案してくるとは思ってもみなかった。日華事変を解決する和平工作の機会は何度かあったが、そのどれもが失敗していた。

だが、そうした和平工作の中で「金で解決する」という選択肢はなかった。拝金主義が嫌われたということもなくはなかろうが、それ以上に、事変を解決できるだけの金が日本にはないという現実がある。世論としても賠償金なしの和平は受け入れ難いだろうが、こちらから賠償金を出すなどを言い出せば、和平合意はますます遠のくのは明らかだ。

しかし、オリオン集団は莫大な金塊を宇宙に持っているという。秋津教授の報告を信じる限りそうなる。その金塊を使えるなら、事変を金で解決するという今までなら一笑に付されていた方法も俄然現実味を帯びるものとなる。

ただ猪狩は、オリオン花子の申し出が純粋に善意からとも思えなかった。そもそも地球の人間とは異なる存在に、善意とか悪意というものが共通するのかに疑問がある。

そのことを不問にするとしても、彼らが大使館を開設し、必要なら日華事変解決の手助けをしようという意図がわからない。平和主義者であるという単純なものではなかろう。

彼らは軍艦を沈め、数千人の命を一瞬で奪った連中なのだ。

とはいえ、泥沼化した日華事変を放置するのが国益に通じないのは明らかだ。新聞によれば日本では新体制運動というものが進んでいるらしい。その具体的内容は不明だ。だが体制変革を行うからには、日華事変解決は避けては通れない課題のはず。だとすればオリオン集団の金塊による問題解決は検討に値するだろう。

「まさか金塊を提供するから国土を寄越せなどと言うのではあるまいな」

「それはあり得ませんし、質問としても無意味でしょう。猪狩さんなら、ここが日本の委任統治領に含まれる島嶼であることにお気づきのはず。

ここは無人ですし、日本も使っていないので基地を設置してますが、オリオン集団には必要なら武力を行使して新宿や品川に基地を建設することも可能です。

ですが、言うまでもなく我々はそんな労だけ大きく利得の少ない選択肢は取りません。

純粋に領土が目的なら、そこを実力で占領するまでです。大使館開設により、そちらのルールに従うような真似はしないとは思いませんか？

こういえばおわかりでしょうか？　我々は宇宙に活動拠点を持っている。地球表面にくらべ、宇宙は無限といってよいほど広いのです。地球という寸土のために小細工を弄する必要などないのです」

オリオン花子が言っているのは、要するに地球の領土は手間をかけて奪う価値がないということだろう。秋津教授ならもっと的確に判断できるかもしれないが、猪狩もそれが嘘とも思えない。

しかし、領土目的もなく日本の紛争解決に協力しようと言ってまで大使館を設置したがる理由は何か？

猪狩は、この質問はもっとこっちが戦略を立ててからでなければ、意味のある返答は戻ってこないと判断し、それ以上の質問は控えた。

とりあえず袋にはノートや新聞紙、小判、さらに考えて風呂場のバケツの蓋を入れた。袋に入る大きさで、金属製なのはそれだけだからだ。オリオン集団の冶金《やきん》技術を測る上で、参考になりそうなのはそれくらいだ。バケツの蓋の素材は、金属なのは確かだがアルミと似ているようで違う。

軽いわりに猪狩が乗っても壊れない強度がある。そんなものをオリオン集団はありふれたバケツに使っているのだ。

「それではピルスが待ってます」

そう言ってオリオン花子は猪狩に外に出るよう促す。当然、迎えの自動車が待っていると思っていた彼の前にあったのは、ゴンドラのような箱だった。

「中にどうぞ」

それは床と手すりがあるだけの籠のようなものだった。猪狩が乗ると、急激に上昇を始めた。どうも太陽光の反射から判断して、この箱というか籠は、数十本のテグスのような細い紐で吊り下げられているらしい。だから間違ってもここから墜落することはないようだ。

眼下の景色が急激に小さくなってゆく。そして頭上には、遠くから眺めたことしかないピルスの姿がある。ピルスとて全長三〇メートルはあるのだが、意外に小さく見える。どうやらそれは地上から一〇〇メートル以上の高度にいるようだ。

そして気がつくと猪狩はピルスの中にいた。内部に入った途端、床にあった丸い穴は塞がり、床と識別できなくなった。

籠を運んできたテグスのような繊維は巻き取られたのか、消えている。

「好きな席にお掛けください」

オリオン花子の声がした。ピルスの内部は空中戦艦と大差ない気がした。ただ自由な空間は広い。輸送用なのか、座席は左右両側にそれぞれ五席しかなかったが、増設はできるのだろう。

長さで一五メートル、幅で一八メートルはありそうな空間に、猪狩一人だ。天井の高さから推測すると、同じような空間は二階にもあるはずだが、そこに通じる梯子の類は見当たらなかった。

ピルスは音もなく飛行し、やがて前方の扉が開くとオベロが一人現れる。それは何かトレイを持っている。

「ピルスの能力を以てすれば一時間以内に日本に到着します。それまで軽食を用意しました」

それは天井からのオリオン花子の声で説明された。オベロは何も言わない。

猪狩は窓から外を見る。雲の動きは目まぐるしく変化する。ピルスの速度は空中戦艦などを優に凌駕《りょうが》する水準らしい。もしかすると音速さえも超えているかもしれない。

事実、軽食を済ませたころには台湾がみえ、さらに沖縄から九州へと北上する。どうやら猪狩に自分の位置を教えるためのコースらしい。

九州を通過し、しばらくは海上だったが、紀伊半島を通過後に伊豆半島に出てからピルスの速度は急激に低下した。

「東京に向かうのか」

だがピルスは、さらに速度と高度を落とす。どうやら神奈川県のどこかの山中に向かっているらしい。やがて海岸に面した崖に出る。ピルスはそこで停止した。

そして床に丸い穴ができる。そこの真下には、崖から海を一望できる別荘のような建物があった。そして崖っぷちに二名の人影があった。

# 8章　荒地の幽霊

一九四〇年の八月末から九月になろうという時。ウクライナのチェルニゴフ州の寒村であるオレシニアでは、コルホーズ農民たちの間で不吉な噂が流れていた。「村はずれの荒地に深夜、男女の幽霊が現れて、地面を掘っていた」

噂の中身に多少の違いはあったものの、幽霊が地面を掘っていたという点では共通していた。

それは村人が密かにコルホーズの畑を荒らしていたという話ではなく、幽霊と言われる理由は、村人ではなかったためだ。

コルホーズになったとはいえ、小さな村である。その気になれば村人全員の名前を暗記できるほどだ。だから「見知らぬ村人」などこの村にいるはずがない。

それだけなら単なる余所者《よそもの》なのだが、さらにそれらは服装がぼろぼろで、銃で撃たれたような血痕があり、身体中に蛆《うじ》がたかり、その上に穴を掘る動作がおかしかったからだ。骨が折れているのか、筋が切れているのか、その動きは人間のものとは思えなかったという。目撃談の中には、這って動くのが精一杯の女の幽霊が、一緒に埋められていた死体の腹に顔を張り付け、蛆をしたたらせながら食べていたという信じがたいものさえあった。

もっとも早い目撃談は、八月一〇日ごろで、この時は荒地から蛆だらけの腕が生えているという話しかなかった。その後一週間ほど幽霊は女だけが目撃され、そして最近は男女の幽霊になっている。

「もしかして、あの幽霊は順番に仲間の死体を掘り起こしているんじゃないか?」

人目を憚《はばか》りながら、そう噂する村人は一人や二人ではなかったが、その荒地を調査しようとした人間はいなかった。理由は幽霊が怖いからではない。当局が怖いからだ。

実は春先に村には幾つものトラックが現れて、問題の荒地に穴を掘り、何かを埋めていた。

作業は赤軍の工兵隊が行ったが、トラクターの運転などで若干名の村人も作業に参加した。

それによれば三つの穴が掘られ、何かわからない金属の塊が捨てられたが、どうも機械を破壊した後の残骸のようで、大きなプロペラもあったことから、墜落した飛行機ではないかとのことだった。

さらに、明らかに銃殺されたらしい男女四人の死体が残骸とともに捨てられ、その後、土を被せられたのだという。

作業を指揮した赤軍大尉は、「一連の作業は、ウクライナ共産党第一書記で政治局員のニキータ・フルシチョフの命令で行われたものである。秘密を漏らしたものは逮捕され、然るべき処分を受けることになる」と村人たちに通告した。

そういう土地であるから、幽霊の噂があっても、夜はもちろん昼間も近づくものはいない。とはいえトラックが作業できるくらい道路には近い。ノルマを果たすために畑仕事が遅くなれば、否応なく、この荒地の前を通らねばならず、幽霊が目撃されるのだ。

それでも村の村長であるジノーヴィ・ニコラーイ・ニコラーエヴィチは、当初は黙殺していたこの事件にどうしても対応しなければならなくなった。

幽霊が近隣の家からシャベルやノコギリなどの道具を盗み始めたからだ。しかも調べると道具だけではなく、台所の砂糖やジャム、保存用の果実の砂糖漬けなども跡形もなく消えていた。

それを幽霊と考えるのは、侵入された台所の床や砂糖の瓶などに泥だらけの足跡や手の跡が残っていたためだ。しかも足跡は問題の荒地に向かっている。これは盗難被害にあったすべての家で共通していた。

「幽霊は迷信だと無視もできるが、盗難事件は放置できまい。幽霊に怯えて封建主義的と批判されるのも危険だが、盗難を放置してサボタージュと告発されても敵《かな》わんからな、どう思うトーリャ？」

村の共産党細胞で書記の立場にいるアナトーリ・ヴィクトル・ミハイロヴィッチは、スキンヘッドを撫でながら、考え込む。

ジノーヴィとアナトーリは幼馴染で、激変の時代に幼年期を過ごし、そして上手に世の中を渡って、寒村とはいえ指導的立場に就くことができた。

これ以上の出世など望んでいないが、今の立場は手放したくない。平穏に豊かに生きるためには、それなりの努力がいる。村で数少ない共産党員になったのもそのためだ。

「放置できないのは当然だが、具体的に何をする？　おそらく騒ぎの原因は、あのフルシチョフの命令で捨てられたガラクタだ」

「死体も一緒に捨てたという話だからな。粛清された奴がいたということか」

ジノーヴィにとっては厄介極まる話だ。おそらく赤軍部隊のどこかで粛清が行われようとしていた。ところが自分が粛清されることに気がついた奴が、家族づれで飛行機を奪って脱出を試みたが誤って墜落した。

裏切り者一家の逮捕には失敗し、あまつさえ国家財産である軍用機も失ったとなれば大変な責任問題となる。だからすべてを無かったことにするべく、犯人一家もろとも穴に埋めた。オレシニアのような寒村なら隠しおおせるとの判断だろう。

客観的に考えるなら、それもおかしな話かもしれないが、粛清という巨大な理不尽さの前では、失敗の証拠を埋めるくらいの理不尽さなど可愛いものだ。

ただ、事態の解決は簡単ではない。フルシチョフの命令を表に出すような真似はできない以上、すべては内々で片付ける必要がある。

「死体が歩き回るなんてことがあるのか？」

「ゴーゴリの小説にそんなのがあったろ、ヴィイだっけ、死体に悪霊が入り込んで主人公の修道士を襲うやつ」

アナトーリのいう小説はジノーヴィも知っていたが、やはり問題解決にはつながりそうにない。

問題の現象が幽霊であれ、妖怪の類であれ、コルホーズがどこからか修道士を呼んで悪魔祓《ばら》いの儀式を開いたりすれば、それだけで収容所送りの立派な理由になる。

幸か不幸か二人は問題の男女の幽霊を目撃していない。それだけに幽霊退治よりも、村人の動揺をいかに収めるかが重要になる。

「こういうのはどうだ、ジーノチカ？」

「何かいい案があるのか、トーリャ？」

「まず、荒地に収容所から逃亡した反社会分子が隠れている可能性がある。なので荒地を徹底的に捜索しました。これが公式見解だ」

アナトーリの話に、ジノーヴィは身を乗り出す。

「非公式見解は？」

「つまりな、怪現象の実態がなんであれ、すべての元凶はフルシチョフの命令により埋められた残骸にある。ならばそれを掘り起こして、隣の村に埋めちまうんだ。要は、死体さえ何とかすればいいんだろ。残骸の中の死体だけ移動するのよ」

埋葬はしないのかと一瞬思ったジノーヴィであったが、できるわけがない。そこに捨てられた死体など存在しないというのが、ウクライナ共産党第一書記の命令である以上、脱走者の葬儀など問題外だ。

となれば、厄介ごとは他人に押し付けるのがここは最善の策だろう。村人たちもどこまで幽霊を信じているかわからないが、いるかいないかわからない幽霊よりも、間違いなく存在するGPU（国家政治保安部）の方を恐怖するのは間違いない。

それでもジノーヴィがすぐには行動を起こさなかったのは、幽霊騒ぎなど自然消滅するとの希望的観測を抱いていたためだ。しかし、そうはならなかった。

窃盗被害は拡大し、ジャムや砂糖菓子が奪われるだけでなく、今度は衣服や銃まで奪われた。帝政ロシア時代のモシン・ナガン小銃とリボルバー式拳銃だ。

元軍人の家にあったもので、熊や狼が現れた時に使うくらいなので、管理は杜撰《ずさん》だった。

しかし銃を盗まれたことは、ある意味でジノーヴィにとっては好都合だった。砂糖菓子を舐める幽霊までなら信じられなくもないが、銃で武装する幽霊など聞いたことがない。

どうやら事の真相は、アナトーリが建前として述べた、逃げた犯罪者であるようだ。

コルホーズのトラックに銃で武装した数人の農民たちを乗せ、ジノーヴィは問題の荒地に向かった。現地に着くと農民たちは散開して問題の場所に接近する。学校では基礎的な軍事知識を教えるので、村人たちも包囲しながら接近するくらいのことはわかっている。

「トーリャ、お前の言う通り、やはり逃亡者らしいな」

小銃を構えながらジノーヴィは、側のアナトーリに荒地を示す。そこは暗がりで、草で覆われていたので、ちょっと見ただけではわからなかったが、埋められ、整地されていたはずの場所には、五メートルほどの塹壕《ざんごう》のようなものが作られていた。

そしてその背後には、巧みに偽装されているが埋められたはずの飛行機の一部が並べられていた。トラックに搭載して運んできたのだから、機体は分解されていたのだろうが、それが穴の蓋でもするように並べられている。

「あれは、隠れ家か、トーリャ？」

「そうだろうな。捨てられた飛行機の残骸を使うとは器用な連中だ」

アナトーリの言葉に、ジノーヴィはあることに気がついた。ウクライナ共産党第一書記の命令で秘密厳守を命じられた場所なのに、この逃亡者たちは、どうしてここに機体の残骸があることを知っているのか？

「出てこい！」

アナトーリが塹壕に向かって叫ぶ。そして次の瞬間に倒れた。頭に銃弾を受けて即死だった。

銃撃されたことで、農民たちはジノーヴィの命令を待たずに塹壕へと発砲する。十数発の銃弾が塹壕内に撃ち込まれたはずだが、それと同時に農民たちも次々と射殺された。全員が頭に命中弾を受けている。武装した農民たちが全員射殺されたことで、他の農民たちは逃げ出したが、彼らも順番に背中から射殺される。

ジノーヴィが最後まで残ったのは、おそらくはあまりのことに身体が動かなかったためだろう。

それに安心したのか、塹壕から男女が現れる。顔のよく似た中肉中背の二人は、盗んできたらしい着衣を身につけていた。農夫のような格好だが、気にする様子はない。男の方は、流れ弾に当たったのか、首筋から出血していたが、何ら動じる様子もない。

「お前たちは、何者だ！」

この二人が幽霊などではないことは明らかだが、さりとて人間とも思えない雰囲気を作り出している。小銃は女が、拳銃は男が持っていた。いかにライフル銃とはいえ、人間をすべて一発で仕留めるなど人間業ではない。

「オリオン・イワン」

男の方が言う。

「オリオン・マリヤ」

女の方が言う。

しかしジノーヴィは、オリオン・イワンの首筋から目が離せなくなっていた。イワンの銃創から小指ほどの蛆虫が数匹現れ、傷口を塞ぎ始めたのだ。血も流れず、銃創はすぐに肌と区別できなくなり、蛆虫は皮膚の下に潜り、消えた。

「お前らは一体何者だ！」

ジノーヴィが拳銃を取り出そうとするより早く、マリヤが彼を射殺する。二人は周囲に誰もいないことを確認すると、村人たちが乗ってきたトラックの運転席に乗り込み、しばしの試行錯誤ののちにエンジンを始動させた。

運転はイワンが行い、マリヤは飛行機の残骸から組み上げた装置を、エンジンの電気を利用して作動させる。トラックのガラス窓にウクライナの地図が投影され、現在位置が示される。そうしてトラックは前進する。レニングラードに向かって。

オレシニアの荒地で村長を含む十数人の死体が発見されたことは、大きな事件となった。すぐに赤軍やウクライナ共産党からも人が派遣され、近隣の村落から「事件の首謀者である反革命分子五〇名」が検挙される騒ぎとなった。

ただ現場の塹壕のようなものは、調査されることなくそのまま埋め戻された。そしてこれ以降、オレシニア村で幽霊が目撃されることはなかった。

＊

一九四〇年九月三日、モスクワにある在ソ連日本大使館の外務省職員、熊谷亮一は、外務省からの訓令を暗号機経由で受けていた。

その内容は、熊谷当人は言うまでもなく、東郷茂徳特命全権大使をも驚かせた。

熊谷は大使館の下級書記官で事務員という肩書きで働いていた。それが便宜的なものであるのは、熊谷も十分理解していたが、それにしても大使を素通りして、自分を指名しての訓令が届くのは異例なことだ。

命令を受けたのは自分としても、熊谷は大使館の人間として、東郷大使には報告する。報告を受けた東郷大使は、あからさまに不快感を表すほど子供ではなかった。むしろ彼は当惑しているようだった。それは熊谷にもわかる。

熊谷に訓令を送ってきたのが、外務大臣ではなく書記官長の石渡荘太郎であるのも異例であった。

ただ首相傘下のブレーンである時局研究会の長が石渡であり、熊谷もまたその一員ということでは、指揮系統に無理はない。それは東郷大使も了解していた。

とはいえ東郷自身は時局研究会のメンバーではない。同じ外交官である熊谷には、外務省とは別組織が大使館で独自の活動を行うことに、東郷が危惧を抱いているのはよくわかる。

しかしながら、どこまでの情報を東郷大使に開示すべきか、それに対する指示はなかった。熊谷が知らないルートで最低限の情報がもたらされている可能性もあれば、何も知らされていないことも十分考えられる。

それだけに熊谷も勝手な真似はできない。特にオリオン集団という組織が宇宙から地球にやってきた、などという一般常識に反する内容を東郷のような大物に説明するのは、それ相応の覚悟がいる。

「レニングラードのプルコヴォ天文台にこの秋津俊雄なる天文学者を案内し、必要なら国際学会の準備作業を手伝え、か」

東郷大使は暗号機が打ち出した紙を、あたかも裏側に正解が書いてでもあるかのように、何度も裏返す。

「熊谷君は、この秋津教授と面識はあるのかね？」

「挨拶程度のことは」

それは必ずしも嘘ではなく、ブレーントラストの会議で数回同席している。熊谷はその後でモスクワ行きを命じられたので、直接言葉を交わす機会はなかった。

「だとすると、その秋津とかいう天文学者は時局研究会のメンバーかね、君のように？」

「はい、そのはずです」

「なるほどな」

東郷大使はそれで何事か納得したようだが、熊谷にしてみれば決して居心地の良いものではない。

「しかし、この秋津という人物は、どうやってやってくるのかね？　常識で考えればシベリア鉄道のはずだが、列車に関しては何の指示もない。君は知っているのか？」

「いえ、それは小職も存じません。大使がご存じでは？」

「私が知っているわけがないじゃないか」

そう言われれば熊谷にも返す言葉がない。考えるまでもなく、東郷大使が知っているはずもない。

「大使館に秋津教授が現れるので、それ以降の必要な手配をせよとのことです。おそらく我々が迎えにゆく必要はなく、教授の移動の手配は日本側でしているものと思われます。その、機密保持の関係で」

熊谷は時局研究会の名前は出さずに、日本側と表現した。こんなことで大使をあまり刺激したくなかったからだ。

「あれほどの暗号機があって、なお、機密保持が必要かね」

それが皮肉なのか率直な疑問なのか熊谷にもわからない。

「しかし、妙だね」

「何がでしょうか、大使？」

「この世界情勢だ。日本からモスクワまで、満鉄とシベリア鉄道を乗り継いでも最低半月はかかる。じっさい熊谷君が赴任するまで三週間近くかかったね。だとするとだ、秋津教授が到着するのもそれくらいの移動時間がかかったはずで、そうなると彼は君のすぐ後に日本を出立したことになる。せいぜい君との時間差は一週間から長くて一〇日程度だ。準備期間を含めるなら、君が日本を離れた時点で、秋津教授のソ連行きは決まっていなければなるまい。だが君は知らなかった、なぜか？」

東郷大使の指摘に熊谷もハッとした。自分自身がシベリア鉄道経由でモスクワに到着しただけに、昨今の国際間の交通事情は見てきたつもりだ。

ドイツ軍の精鋭部隊がソ連国境に移動していることに対して、ソ連側も反応していることが、どうもシベリア鉄道遅延の理由になっているらしい。

国境地帯に部隊を動員していることが、鉄道輸送の負担を増し、鉄道ダイヤを窮屈にしているわけだ。

動員は比較的最近始まったようだが、秋津が今になってシベリア鉄道で移動しているなら、遅延はもっと顕著だろう。

むろん飛行機を乗り継げば移動は迅速になる。しかし、それも満洲までの話であり、遅延がソ連領内で起きていることを考えれば、あまり時間短縮にはならないだろう。

そもそも諸事節約が叫ばれている中で、秋津教授のために専用機が用意されるとも思えない。

東郷大使と熊谷がそんなことを話していると、大使館の事務員が執務室に入ってきた。

「京都帝国大学の秋津俊雄という方がいらしてますが」

＊

それは九月三日の朝も遅い頃だった。秋津は、オリオン太郎との折衝の合間を縫って演算機でプログラムを作成していた。

これまで、オリオン太郎の発言の幾つかは数字データが含まれていたが、それを検証するのは困難だった。桁数の多い、複雑な計算が必要だからだ。しかも彼らの話すロケットの性能を定量的に分析するには、どうしても数値積分の必要が生じるが、それを短時間で計算する手段がなかった。

どうすれば数値積分が可能かはわかってはいるが、それを手回し式のタイガー計算機で計算する時間的余裕はない。一〇〇人とか二〇〇人の人手が使えるなら話は違うが、海軍工廠《こうしょう》でもそんな真似は無理なのだから、ここで期待できる話ではなかった。

だが谷造兵中佐の発明した演算機は、そうした問題を一気に解決してくれた。ともかくこれを使えば、今まで複雑すぎて計算自体を諦めていたような課題を解決できる。

だから秋津の部屋は、プログラムを開発するために、紙テープがいくつも天井からぶら下がっている有様だった。

演算機の電源を落とさずに就寝するのが、ここしばらくの秋津の生活であった。寝る前にプログラムを読み込ませ、実行させせる。数時間後に計算結果が出たら、テレタイプに印字されたものに目覚めとともに目を通すわけである。

九月三日の朝もそうであったのだが、秋津は、印字された文字列に眉を顰《ひそ》めた。

「オリオン屋敷にて、九時三〇分、例の崖の上にて待つ」

もちろん文面は英語であるのだが、意味はそういうことだ。秋津は困惑した。こんな文字列を出力するようなプログラムは書いていない。

しかも、本来の計算結果はこのメッセージの下にちゃんと印字されている。計算結果そのものは、概《おおむ》ね期待したものである。

秋津はその印字結果をテレタイプから千切って、鞄に入れると、いつものようにオリオン屋敷に向かう。秋津の研究室とオリオン屋敷は自転車で移動できる距離だ。

顔馴染みの兵士に挨拶し、屋敷の中に入る。オリオン太郎は最近のお気に入りであるジャムパンを食べていた。

「これは君らの仕業か？」

秋津はテレタイプから千切った紙片を見せる。オリオン太郎は紙片を一瞥《いちべつ》すると言った。

「僕の仕業ではありませんけど、オリオン集団が送ったものです」

「どうやって？」

それは秋津にとって重要な質問だった。テレタイプは演算機にしか接続されていない。外部から通信が届くわけがないのだ。

「テレタイプに信号を送るくらい造作もないことです。要するに電線に電圧の変化を起こせばいいだけの話です。それにこの通信は僕宛じゃありません。秋津さんに送ったものです」

「なぜテレタイプがあることがわかる？」

秋津は重ねて尋ねる。

「音でわかりますよ、テレタイプの有無くらい」

「音……」

それが意味するところは重要だ。オリオン屋敷や秋津の事務所は監視されていることになる。

「オリオン集団は、我々を監視しているのか？」

「僕は軍人の階級で言えば海軍大将と同じって言いましたよね。なら身の安全の確保を考えるのは当然じゃないですか。忘れないでくださいよ。オリオン集団が送った使節で、生きて本来業務に従事しているのは僕一人なんですからね。

もう少ししたら二名ほど増えるけど、ともかく今は僕だけです。当然、安全確保をしなければならないでしょう」

「どこで監視してるんだ？」

「自分の警備体制を教えませんよね、普通は。地球だってそうでしょう？」

「勝手に監視人を潜入させているのか？　それは国家主権の侵害だぞ」

「だからぁ、こういう問題が起こらないように、大使館を開設させてくださいと言ってるんですよ。大使館さえあれば警備の問題も解決します。

あっ、念のために言っておきますけど、僕らの監視は日本の主権は侵してませんよ。監視は機械でもできるから。

それよりも、秋津さん、外に出ませんか？」

「外に？」

「もうすぐ九時半になりますよ」

秋津はテレタイプに記されていた指示のことをうっかり失念していた。

「何が起こるんだ？」

「説明は難しいですね。正直、僕らにも予測不能な部分もあります。ただ一つ言えるのは、秋津さんにとっても、我々にとっても、マイナスにはならないことです。少なくとも、我々はそれを意図していない」

　そうして二人は、オリオン屋敷に通じる崖の手前までやってきた。

「上を見てください」

　オリオン太郎が言うように秋津は上を向く。そこには座布団のような物体が浮かんでいた。最初は凧《たこ》かと思ったがそんなわけもない。空を飛ぶ機械ながら秋津が知っているような飛行機ではないもの。それが頭上にある。

「静止しているのか？」

「そうなりますね。僕らはピルスと呼んでます。二週間ほど前に僕がここから出かけた時に呼んだのもピルスです」

「ピルスは何機あるんだ？」

　それは数を知るためというより、ピルスが固有名詞か普通名詞かを確認する意味があった。オリオン太郎とのやりとりは、そのレベルのことから確認してゆかねばならない。

「必要に応じて生産しますけど、複数ありますよ」

オリオン太郎の返事から、ピルスが機種を意味することを秋津は確認した。

ピルスは、高度一〇〇から二〇〇メートルほどのところで静止しているように思われた。何かの機械音が微かに聞き取れるが、秋津が知っているようなエンジンの音ではない。

秋津は改めてオリオン集団との技術力の差を見せつけられた気がした。追浜に着陸した四発陸攻のコピーを日本が製作するのに五年はかかると言われていた。オリオン集団との技術力の違いも、当初はその程度ではないかと考えられていた。

しかし、違うのだ。彼らは地球の我々にも理解できて、拒否反応を招かないレベルにまで技術水準を下げていたのだ。それでさえ五年は進んでいる。

彼らの本当の技術では、頭上で静止しているような飛行機械を製造できるのである。

しかし、秋津はさらに驚くべきものを目撃する。よく見るとピルスの床に丸い穴が開いており、そこから籠に入った人間が降りてくる。

「もうじき二名増えるとかいう、君の同僚か？」

秋津は降りてくる男を指さすが、オリオン太郎は否定する。

「あれは地球の人間ですよ。猪狩周一さん。そろそろ日本に戻っていただきませんとね」

籠はあれよあれよという間に降りてくる。秋津も猪狩の名前は知っていたが、面識はない。まさかこんな形で会うことになるとは。

「それで、秋津さんにはこれを」

どこに隠していたのか、オリオン太郎は茶封筒を秋津に手渡す。

「オリオン集団で用意した、秋津さんのパスポートやロシアのビザ、その他の必要書類です」

「必要書類……偽造か？」

「地球の皆さんには本物のパスポートと並べても識別できないはずです。ならばこれは本物ではないでしょうか？　あっ、小判も一枚入れました。金塊は地球ではどこでも価値が通用しますから」

「どういうことだ？」

「猪狩さんが降りたら、秋津さんがピルスに乗ってください。とりあえずモスクワまで飛んで、あとはモスクワからレニングラードまでの移動となります。今からなら今日中にモスクワに到着できるでしょう」

「モスクワまで今日中にだと！　ここから七、八〇〇〇キロは離れているだろう」

「ピルスは音速の五倍で飛べますから、そこは大丈夫です」

オリオン太郎はサラッととんでもないことを言う。音速の五倍というのは時速にして五〇〇〇キロ以上ではないか。オリオン太郎が行方不明になった時、「街に行った」と返答していたが、漠然と日本のどこかと思っていた。あれは海外の都市だったのか。

「モスクワからレニングラードへの移動というのは何だ？」

「レニングラードのプルコヴォ天文台ですよ。ただ、ソ連の日本大使館の協力を仰がないとなりませんので、まずモスクワに向かいます」

秋津は自分たちが監視されていることを、今はっきり理解した。オリオン太郎はプルコヴォ天文台や国際会議のことを知っている。しかし、それは本当ならオリオン集団と対峙すべき組織となるはずなのに、なぜ彼らはそれを支援するような動きをするのか。

「なぜ、自分をプルコヴォ天文台まで運ぼうとするのか？　それが疑問なんですね。別に不思議なことではありませんよ。地球の皆さんとの交流がなかなか進まない理由は、宇宙を理解している人たちがあまりにも少ないためです。

だから何を始めるにしても、理解者の拡大が必要です。それはオリオン集団にもプラスになる」

「それが反オリオン集団組織になるかもしれないのにか？」

「まず、地球の皆さんが我々に反対することはないと思いますよ。地球が抱える色々な問題の多くは、我々の技術力と経済力で解決できるのですから。

前にも言いましたけど、オリオン集団は地球を武力占領するようなことは考えていません。広い意味で交易を行えれば十分です。

しかし、現状は交易を行うどころではない。地球外に人間以外の知性体が存在するということの意味を理解できる人があまりにも少ないのです。

オリオン集団という存在を理解した上で、なお反対するというならば、利害関係の調整も可能です。理性的な対応として。

現状では、我々は異世界から来た化け物か、さもなくば偉大な聖霊の類としか認識されない。僕の仲間たちが問答無用で射殺された理由も、その存在を正しく理解できないところから発しているのです。

要するに、秋津先生たちのような科学者の連携が進むことは、この地球上での僕らの活動の安全を保障することにつながるんですよ」

そうしている間にも籠は降りて、着陸した。猪狩は何か虚《うつ》ろな表情をしていたが、それでもしっかりと両手で袋を持ったまま、酔っ払いのように籠の外にでる。

「どうしたんだ？」

「秋津さんにわかるように言えば鎮静剤のせいです。あの高度から降ろそうとすると怖がって暴れる人がたまにいるんです」

秋津はその言葉を聞き逃さなかった。オリオン太郎はさも地球に最初に現れたオリオン集団の一員として振る舞っているが、「過去の失敗」に言及するなど、どうも何らかの形で人間との接触を試みたことがあったようだ。籠は電話ボックスほどの大きさで、くすんだ真鍮《しんちゅう》のような軽金属でできているように見えた。そしてそれらはテグスのような糸で吊り下げられているらしい。

今も高所からの降下に恐怖心を示した人間のことに言及している。秋津がそのことを確認するよりも前に、オリオン太郎に信じられない力で籠の中に押し込められ、すぐに高度をあげていった。

高度が低いうちに叫べば良かったのかもしれないが、気がついた時にはオリオン屋敷もマッチ箱程度の大きさになっている。この高さでは何を叫んでも誰にも聞こえまい。

そうして籠はピルスの内部に収容された。

「どうぞ、その椅子におかけください。軽い食事を用意します」

倉庫のような広い空間に小さなソファとテーブル。全体に白一色のその部屋には秋津しかいない。なのにすぐ近くで人の声がした。それは多分、女性の声だ。

「どこにいる？」

「地球におります」

宇宙を拠点とするオリオン集団にはそれで意味を持つのだろうが、地球人である秋津にはほとんど意味を成さない。

「地球のどこにいるのだ？」

「我々のいる場所を地球の方は何と呼んでいるのでしょうか？」

声は女性だが、受け答えの反応はオリオン太郎そのものだ。オリオン集団にはこんな連中しかいないらしい。

「この飛行機……ピルスに乗っているのか？」

「いいえ、遠隔での応答です」

どうやら無線機の類での応答であるらしい。

「名前を言え！」

「オリオン花子です」

オリオン太郎の仲間がオリオン花子というのは、馬鹿にしているわけではないだろうが、真剣さにかける印象を人間である秋津は感じてしまう。

「女性なのか？」

「地球人の女性に相当する存在かという疑問でしたら、違うとしか言えません。そもそも我々は地球人ではありません」

考えてみれば当然の話だ。地球の外からやってきた高等生物が、地球人と同じ進化を経たはずがない。子孫を残すのだから生殖はするだろうし、その意味では性はあるはずだ。

しかし、メカニズムはやはり人類とは違うと考えるのが順当なのだろう。

「ええと、オリオン花子は軍人の階級で言えば何なのだ？」

オリオン花子とオリオン太郎のどちらが階級として上なのか、それを確認したかったのだ。しかし、オリオン花子の返答は秋津の予想と違っていた。

「私は、軍人の位で言えば陸軍大将です」

「海軍大将ではなく？」

「それはオリオン太郎です」

「オリオン集団にとっての陸海軍の違いって？」

「陸軍でなければ海軍では？」

「陸軍でも海軍でもない存在はないのか？」

「陸軍以外は海軍です」

どうも軍人の階級に例えるという方法論は、オリオン集団について情報を得るという点で、適切ではなかったらしい。一つ確かなのは、オリオン太郎とオリオン花子は別の組織に属する高官ということだけだ。

秋津はとりあえず、窓際に席を取り、上空からの光景を眺める。モスクワに向かうと聞いていたので、眼下にはユーラシア大陸が広がると思っていた。しかし、見えるのは海だけだ。

「モスクワに向かっているのではないのか？」

「北極圏を飛行してます。あまり人目に付きたくもございませんし。お見せしたいものもございますので」

オリオン花子はそう言った。その時、普通の飛行機なら操縦席につながる場所のドアが開き、口も鼻も隠して、耳にはレシーバーをつけた人間が、トレーを持って現れた。飲み物とパンを載せているようだ。

「食事をどうぞ。猪狩さんも召し上がっていたものです」

ジュースのようなものと、切ったパンに惣菜を詰め込んだようなサンドイッチだった。しかし、それよりも秋津はトレーを持参してきた人間が気になった。どことは指摘できないが、マスクで口や鼻を隠している以外に、どうもオリオン太郎とは別の民族のような印象を持ったのだ。

「それはオベロというものです。猪狩さんの希望で名前をつけました。簡単に言えば我らの社会を構成する一部です」

「オリオン集団は多民族国家ということか？」

「それは民族をいかなる定義で用いるかで、肯定も否定もできます。たとえばルドルフ・フォン・ゼボッテンドルフと秋津さんは同じ民族ですか？」

「そのルドルフなんとかという人は知らないが、彼はたぶんドイツ人だろうし、僕は日本人だから違う民族だ」

「でも、同じ地球人で、同じホモサピエンスですよね？　それでも民族が違うと？」

秋津はどう返答すべきかわからなかった。どうもオリオン花子は、地球人は同一民族なのかを逆に自分に問うているようだ。しかし、それに対して秋津自身が明確な返答をするだけの準備がない。つまり自分は日本人と答えたものの、それは何を根拠に言えるのか？　オリオン花子を説得できる形で言語化できないことに気がついたのだ。

地球外人と意思の疎通を図るということは、民族とはなにか？　というレベルのところから相互の共通理解を積み上げなければならないのだ。

オリオン花子はそれ以上、この問題に踏み込もうとはしなかった。関心がないのか、いままでの経験からこの手の議論が不毛と考えているのかもしれない。ただ、秋津は一つだけ確実なところを確認する。

「オリオン集団は、オリオン花子と異なる進化を経た知的な生命体を構成員としているのか？」

「知的という定義は容易ではありませんが、秋津さんの意図を推測するに、オベロはオリオン花子と異なる進化の結果、誕生したのは事実です」

天文学者として、秋津はそのことが意味する重要性が理解できた。生命が存在する惑星がどれだけ宇宙に存在するかは議論があるが、そうした惑星は何十光年も離れて存在しているはずだ。そうした惑星の高等生物が一つの社会を構築しているとすれば、その文明は一〇万年、一〇〇万年という単位で継続していなければならない。距離の隔たりがそれを要求するからだ。一〇光年離れていれば、電波通信だけでも往復で二〇年かかる。ロケットでの移動なら、一〇〇年、二〇〇年を覚悟しなければならない。

人類が農耕を始めて一万年と言われていることを考えるなら、オリオン集団と自分たちは対峙することができるのか？　秋津はそのことに強い不安を覚えた。

ただ、彼らが仮に一〇〇万年の歴史を持つ文明としたとき、その進歩は意外に緩やかだという印象も感じていた。確かにピルスの技術は信じがたい。自分を飲み込んだ円形の穴も、すでに塞がって床と区別がつかない。だが、一〇〇万年の歴史を持っているのに、空を飛ぶのに飛行機が必要という点で、技術の進歩は歴史に比して鈍足とも思える。あるいは勝機はそこにあるのか？

「我々はこのままモスクワに向かいますが、その前にお見せしたいものがございます」

一面の雲海の上を飛行しているため、現在位置がわからない。腕時計で日本時間はわかるし太陽は見えるが、方位が不明だ。なので現在位置は割り出せなかった。

そうしてピルスは飛び続けたが、あるところで急に速度を下げ始めた。

「窓の外をご覧ください」

ピルスは方向を変えたが、そうすると秋津は窓の外に飛行機のようなものを認めた。

最初はピルスの僚機かと思ったが、そうでもないらしい。太陽の位置からすると、ピルスはその物体の周囲を回りながら距離を狭めているようだ。

そうして形状もわかってきた。空に浮いているからには飛行機なのだろうが、秋津が知るいかなる航空機とも似ていない。

それはヒトデのような形状で、膨らんだ中心部をのぞけば全体的に平たく、六方向に枝が伸びているように見えた。中心の六角状の部分と枝は自然な曲線で繋がっており、見ようによっては忍者の手裏剣のようでもある。中心部分の差し渡しと、それぞれの枝は同じ長さであるようだ。

色は上面は白だが、下面は暗い緑のように見えた。ピルス自体が飛行して接近しているのでその物体の運動はわからないが、太陽光の反射具合から、移動はしているようだ。

驚いたことに、その枝の部分には、ピルスと思われる飛行機が接続していた。枝の先端部分の左右両側に二機ずつ、枝一つに四機が接続し、それが六本なので、この物体で最大二四機のピルスを結合できる計算になる。

ピルスの大きさが秋津の推定で全長三〇メートルはある。それから判断すると、この物体の中央部は三〇〇メートル近くあり、そこから伸びる枝もそれぞれ三〇〇メートルとなる。つまり全体の差し渡しで九〇〇メートルの大きさということだ。

「オリオン集団では、空中要塞パトスと呼ぶことにしています。地球の方にも理解しやすいように」

オリオン花子の声が説明する。

「本当の名前は別にあるのか？」

「個別の識別符号はありますが、猪狩さんの反応から判断するに、そうした概念は皆さんを却《かえ》って混乱させるようですから、パトスでいいんです。

我々の平和的意図を、これで少しでもご理解いただけたでしょうか？　パトスにはこれだけで世界の主要都市を灰塵にするだけの力がある。しかし、オリオン集団はそのような力を行使しない。

これほどの圧倒的な力の差がありながら、武力行使が為されないのは、つまりオリオン集団の意思の問題なのです」

「力の誇示とは、恫喝《どうかつ》ではないのか？」

「力では我々には勝てないという正しい事実認識をするだろうと、人類の理性を信じることが恫喝とは思いません」

オリオン花子の発言を聞きながら、秋津は考える。おそらくオリオン花子の説明の真偽を問うのは無駄かもしれないと。単語レベルで意味の解釈の違いがある相手である。オリオン集団の意図と、その日本語表現が一致している保証もなく、互いに意味を誤解する部分はどうしても残るからだ。

そうした時、空中要塞パトスから、ちょうど一機のピルスが分離し、どこかに飛んで行った。

「あれは？」

「日本に向かう便です。色々とオリオン集団も準備をしなければなりません」

秋津の乗ったピルスは、空中要塞に接続することなく、そのまま針路をモスクワへと向けたらしい。眼下の光景はすぐにコラ半島になり、白海になり、どこかわからないが陸地になる。

そしてピルスは減速すると、大都市上空に到達した。そして高度を急激に下げてゆく。

「着陸するのか？」

「地上、一メートルまで。さすがにここから人をゴンドラで下ろすと人目につきます」

「こんな巨大なものを着陸させるほうが人目につくと思うが？」

「それは秋津さんの目でご確認ください」

ピルスは地上一メートルの高度で静止すると、床に丸い穴が空いた。秋津はそこから書類を持って外に出る。オリオン花子はここから大使館までの道順を説明した。五分もかからない距離であるようだ。

秋津は、振り返って声をあげかけた。

ピルスの機体表面は、噂に聞くテレビジョンの画面のようになっており、反対側の景色が投影されていた。だから擬似的にピルスは透明になっている。

さすがに目と鼻の先なら機体の存在はわかるが、少し離れれば気がつかないだろう。

「それでは幸運を」

オリオン花子の言葉とともに、甲高い音がしたと思ったら、すぐに止んだ。ピルスは上空に消えたのだろう。空中要塞に戻ったのかもしれない。

秋津もモスクワは初めてだった。オリオン花子に教えられた道順で、日本大使館を目指す。オリオン太郎に有無を言わさずにピルスに乗せられた時も、いきなりモスクワに来るとは信じていなかった。

日本大使館が見えたところで、警官らしい人間に呼び止められ、何か要求される。ロシア語はわからないが、多分、身分証を見せろとかそういうことだろう。

秋津は渡された袋から、それらしい書類を警官に渡し、日本大使館に行くのだと身振りで示す。警官は書類の写真と秋津を何度も見比べ、書類を戻し、ごきげんよう、か何かそんな風なことを言って彼を解放した。

ふと振り向くと、警官の相棒のようなのが少し離れて秋津たちを窺っていた。一人ではなく二人一組で活動していたようだ。考えてみれば、外国の大使館に出入りする人間を監視するのは、昨今の情勢では当たり前なのかもしれない。

それに国際法上、それぞれの国は大使館の安全確保に責任がある。とはいえ、今の警官はそのためにいるようには見えなかったが。

秋津は日本大使館に入る。事務員らしい人間が現れると、彼はオリオン花子に教えられた通りに面会を要求した。今となっては、その指示を信じるよりない。

「大使館職員の熊谷さんに面会をしたいのだが。自分は京都帝大の秋津俊雄と言います」

＊

九月三日の深夜。陸軍軍務局の古田岳史中佐は、麴町にある古田機関の事務所から自宅への帰路についていた。自宅といっても、正確には妻の実家である。古田の家そのものは新宿にあるのだが、電車も止まり、ガソリン節約でタクシーも動いていない昨今では、深夜に自宅まで四キロ近い道のりを歩くのも億劫《おっくう》だ。対する妻の実家は四谷なので、事務所から距離にして一キロもない。

なので、古田機関を立ち上げてからは、妻は実家に戻り、そこを自宅としていた。妻としては自分の家だから気を遣うこともない。

ちょうど庭に離れがあるので、古田の新居はそこになっていた。義理の両親も、現役陸軍中佐がいてくれることは何かと心強いと思っているようだ。

じつのところ古田機関の立ち上げが、これほど激務とは思ってもいなかった。変装して匪賊《ひぞく》相手に鉄火場《てつかば》を渡り歩いていたほうがある意味、今よりずっと話が単純だった。

話が複雑になる理由は二つある。一つは陸海軍のみならず政府が関わっていること。新体制運動という強力内閣による国家指導体制は、憲法改正を伴うが、それは大本営を政府の傘下に置くことを意味していた。

それは統帥権の干犯なのか、正常化なのかは立場によって異なるが、一つ言えるのは統帥権が政治の下に置かれることだ。岩畔課長から最初に受けた説明もそうしたものだった。

しかし、いざ蓋を開けてみると、憲法改正の下準備は予想以上に難しいものだった。なぜなら権限には予算がついて回り、既得権益の調整は容易ではない。海軍の艦隊派の軍人と殴り合い寸前になるかと思えば、話のわからぬ陸軍参謀本部の人間と怒鳴り合うこともある。かと思えば、話のわかる海軍省の人間と飲み明かすこともあった。もはや陸軍と海軍の対立という簡単な話ではなくなっていたのだ。

そして多忙な理由の二つ目は、それらの作業があまりにも短期間で進められていることだ。すべてが着任から二週間足らずの出来事だ。

この間の最大の大仕事は、総力戦研究所の立ち上げだった。これは岩畔軍事課長が以前より考えていた構想らしいが、時局研究会が海軍のブレーントラストを源流としていることを危惧して提案したものだ。

つまり陸海軍や在野の人材を活用して、中立的な情報収集分析機関を作り、政策の基礎資料作成と同時に、人材育成も行うという文字通りの研究機関である。

なので、この機関は強力内閣発足後には内閣府の外局となるとされた。

かねてからの構想ながら、岩畔がこれを急に実現しようとしたのは、オリオン太郎とかオリオン集団なるものの活動が顕在化してきたためだ。台北上空の領空侵犯や伊号潜水艦の撃沈など、国防上、看過できない行動が目立ってきたからだ。

この正体不明の存在についての情報を海軍の一部局だけが独占するのは国家的損失であり、国全体のものとすべきという意見である。

ただ、海軍側の抵抗は想定内のことであり、むしろ最初の想定よりは協力的とさえ言えた。問題はむしろ陸軍側で、陸軍が情報を独占すべきという一派がおり、それを黙らせる対応が必要だった。

総力戦研究所を早急に作らねばならない理由は他にもあった。中心となるのはこちらの理由だ。

それは新体制運動がどんなものか曖昧であるにもかかわらず、既存政党が次々と解党し始めたことだ。このため政党解散の意味も、一つの親軍政党を作るという者もいれば、ナチスドイツのような一国家一政党を唱える者もいたし、天皇親政による社会主義国家という構想さえ出ていた。

そもそも既存政党の解党問題は、政治よりもむしろ経済から出てきたものだ。日華事変や緊張する国際情勢の中で、日本は経済力を強化しなければならないというのがその発端だ。生産力の向上のためには無秩序な市場経済では駄目で、ソ連のような計画経済で行うべきという意見は、第一次世界大戦後の総力戦の研究時から起こっていた。

社会主義ソ連を仮想敵としながらも、それはそれとして日本陸軍は計画経済への親和性は高かったのだ。

陸海軍の認識としては、既存政党とは産業界などの業界団体の利害を代表するものであった。この立場に立てば政党政治とは、産業界の利害調整となる。

しかし、業界の利害調整では、国家の生産力を効率化して向上させることはできない。故に、生産性向上のためには利害調整団体の政党は解散され、国による計画的な生産力強化が求められる。

ただ日本は共産主義国ではないので、私有財産は認められる。産業界に対しては、企業の保有と経営は分離し、それまでの企業のオーナーには一定の配当は支払うが、経営権は認めず、官吏の身分を持った重役に担わせ、企業の生産高についてその重役たちが国に責任を負う。

これは経済界から非常に激しい反発を招き、一部の右翼団体とも結託し「新体制運動はアカだ！」とか「陸軍は赤化している」などの喧伝も行われていた。

岩畔が総力戦研究所を提案したのもこの政治的な混乱状況のためだ。政党や官僚・軍部などからの掣肘《せいちゅう》を受けずに、国家戦略や政策を立案できる独立機関が必要というわけだ。そのための人選も進めており、高木惣吉の復職も検討されていた。

これらの出来事が、すべてこの二週間足らずの間に起きたのだ。岩畔流の機動力ということなのだろうが、さすがの古田中佐もつい弱音を吐きたくなる。

それでも自宅に戻るのは、妻との語らいが自分の精神の安定に不可欠だと痛切に感じるからだった。


麴町から四谷といえば昼間は賑わっている場所ではあるが、深夜ともなると戦時下ということもあり人通りはまばらだ。たまに見かけるのは官吏らしい背広姿の人間や陸海軍の軍人らしい姿だ。

そんな中に顔見知りがいることはあまりない。あるいは総力戦研究所の設立を妨害すべくこの時間まで働いているのかもしれない。

しかし、たとえそうだとしても、古田は彼らには親近感を覚えていた。この時局でも陸海軍官衙《かんが》の退庁時間は五時であり、多くの人間が帰宅する。その中で残業をするのは、自分のように国のため社会のためだろう。立場は違えど、彼らは無私の献身という点で、自分の同志である。古田は最近そんなことを思う。

「失礼ですが、古田岳史中佐でございますか？」

暗がりから現れたのは、脚絆《きゃはん》を巻いた職人風の男であった。歳は三〇前後か。懐手《ふところで》で妙に前屈みの姿勢を古田に向ける。

古田はそこで満洲時代の日々を思い出す。脅すのではなく、明らかに切り込もうという人間の姿勢は、なぜか万国共通だ。

「物取りか、それなら金はくれてやる」

古田は懐から長い袋状の巾着を取り出す。

「物取りではない！　貴様のような、皇軍を赤化する国賊に天誅《てんちゅう》を加えるのだ！」

「誰に雇われたか知らないが、白色テロで愛国者気取りか」

そう言いつつ、古田は近くの塀を背にする。側背《そくはい》を襲われないためだ。自分の勘が正しければ、この男の他にあと二人いる。

殺気を感じたのか、男は怯《ひる》む。古田の剣呑《けんのん》さを見切ったからには、この男も素人ではなさそうだ。ただし人の上に立てる器ではない。誰かに便利に遣われ潰されるだけの男だ。

「テェーっ！」

右手側から奇声を発して男が飛び込んでくる。その声だけで、そいつの腰が引けているのが古田にはわかった。彼は巾着を大きく振りかざすと、飛び込んできた男の顔面に叩きつける。

「キヤァーっ！」

男は顔面を押さえながら、その場に泣き崩れた。伊達《だて》にこんな巾着を持ち歩いていない。

アメリカで生活している時に覚えた生活の知恵だ。この巾着には小銭の他に、戦車を組み立てるときのリベットも入っている。

泣き崩れている男の刃物を蹴飛ばして遠くにやる。目の前の男の前で刃物を拾おうと屈み込むほど馬鹿じゃない。

反対側にはもう一人の男がいるが、これは古田に気圧《けお》されてなかなか踏み込めないようだ。

古田は真正面の男に一歩踏み出す。この正面の奴を倒せば傍の奴は逃げ出すとの判断だ。

「軍人のくせに舐めた真似を」

「馬鹿、命のやりとりは軍人の本業だ」

すると男は懐から拳銃を取り出す。男の風体から刃物だとばかり思っていたが、まさか拳銃とは……。

「だったら本業とやらに就いてもらおうじゃないか」

男は拳銃をしっかりと構える。見ればそれは日本陸軍の一四年式拳銃で、しかも改良型だ。

「自分を殺したければ殺すがいい。しかし、帝国軍人が職人に化けて闇討ちを仕掛けるなど恥ずかしくないのか！」

「うるさい！」

考えてみれば、その辺の右翼が古田のことをここまで知っているわけがないのだ。

「貴様のような国賊にはこれで十分だ！」

銃声がした。古田は目を閉じたが、目の前には腕に銃弾を受けたらしい男がいた。

「覚えていろ！」

捨て台詞を残し、仲間とともに男は消えた。

「大丈夫ですか！」

そこには、私物らしいルガー拳銃をホルスターに収める海軍軍人がいた。

「いや、大丈夫です。しかし、あなたが偶然通り掛からなかったら、自分は死んでいたところです」

「いや、まぁ、偶然でもないんですけどね」

それを聞いて古田は身構える。

「どういうことです？」

「それを説明すると、長くなる」

「せめて名前を」

「正義と真実の人、桑原茂一です」

その海軍軍人はそう名乗った。

＊

東郷茂徳特命全権大使がモスクワのソ連外務人民委員V・M・モロトフに招かれたのは、九月三日の深夜のことであった。その前に東郷とモロトフが会談を持ったのは、二ヶ月も前のことだ。

その時の会談はハルヒンゴル事件、つまり日本ではノモンハン事件として知られる紛争解決のためのものだった。紛争地域に関する国境線の確定などについては、すでに六月九日に双方の調印が終わっていた。

ただ今後、このような紛争が起きないための二国間の安全保障についての話し合いが残っていた。そのための話し合いが持たれたのは七月二日であったが、会談は決裂こそしなかったものの、相互の立場の違いを浮き彫りにして終わった。モロトフは日ソ間の友好には反対しないものの、日ソ不可侵条約のような協定は、日本の利益ばかりが大きく、ソ連の得るものは少ないと主張していた。

そして二ヶ月の沈黙が続いたが、東郷大使はそのこと自体は不思議には思わなかった。ドイツのフランス占領からイギリスとの航空戦が展開し、ヨーロッパ情勢は予断を許さない。

そしてフランス占領後のドイツ軍は、精鋭部隊が次々とソ連との国境地帯へと移動している。ソ連としては神経を尖らせるだろうし、これに関連して日独による二正面作戦を避けるための、日ソ間の安全保障について方針を立てるのも難しいからだ。

ただ、それが二ヶ月ぶりにモロトフの側から会談を申し入れてきたことについては東郷は意外には思っていなかった。理由は、例の暗号機のためだ。

大使館で唯一、暗号機を扱える熊谷が、ある通信文を解読し、報告してきたのだ。

それはソ連外務省の高いレベルの通信であった。内容はごく短い。

『ドイツ国防軍とドイツ陸軍の意思の疎通は必ずしも円滑ならず。独ソ戦回避のためには、日本との関係改善の要あり。国際会議は有効なり』

この通信の送信先は外務人民委員のモロトフであったが、問題は発信者だ。それは「?????」と暗号機には表現されていた。それはドイツ国防軍のカナリスと連絡を取り合っていた何者かと同じであった。

もちろん暗号機は、解読不能なものに対しても「?????」と表記する。だからカナリスとモロトフの交信相手が同一人物であるとは限らない。

しかし、両者が同一人物である可能性は無視できまい。少なくとも、この「????

日だ。

?」がドイツとソ連の全面戦争の回避を目指しているのは間違いのないところだ。

この暗号がモロトフに届いたのが九月二日、そして会談を要求されたのは今日、九月三日だ。

「急な要求にもかかわらずご足労いただき感謝する」

モロトフは自身の執務室に東郷を自らエスコートすると、他の人間たちに席を外すよう命じた。

「東郷大使、一つお尋ねしたい。貴殿はПять загадок（五つの謎）をご存知か？」

「それは、どのような意味でしょうか？」

東郷はそう言ってみせたが、「五つの謎」には心当たりがある。暗号機が表示した「?????」だ。疑問符が五つ、つまり「五つの謎」だ。

「あなたも私も外交の専門家だ。ポーカーフェイスが重要なことは言うまでもない。だが、今この場では率直になるべきだ。人類のために」

「人類のためですか……」

ポーカーフェイスを捨てるべきとモロトフは言っているが、東郷はやはり己の動揺を隠そうとした。

モロトフはどうやら、熊谷が言っていたオリオン太郎とかオリオン集団について、何某かの情報を握っているらしい。当然、東郷もそれを知っていると彼は判断しているのだろう。

だが、自分のオリオン集団に関する知識は良くて概要レベルのものだ。大使館でこの問題に精通しているのは、一介の事務員である熊谷と日本からやってきた秋津だけなのだ。とはいえ、この事実をここでモロトフに明かすのは賢明ではあるまい。

「五つの謎とは、オリオン集団のことでしょうか？」

東郷の言葉にモロトフは表情を輝かせた。それは彼にとっては驚きの光景だ。彼の知るモロトフとは、顔色ひとつ変えずに、ただソ連の要求を主張する男であったからだ。

「やはり日本にも接触はあったのか」

モロトフは、そうして、暗にソ連にもオリオン集団の接触があったことを示唆する。もっとも東郷はそのことには驚かない。詳細は知らないものの、仲間がソ連にも飛行機を送ったとオリオン太郎が語っていたことは、熊谷から耳にしていたためだ。

「日本にはいつから接触していた？　春か、夏か？」

「小職は久しく本国を離れているが、春頃と聞いている」

東郷は無難に返答する。

「やはり一・四GHz帯の電波なのか？」

モロトフの質問に東郷は違和感を覚えた。日本には地球外人が来ているというのに、ソ連にはそうした来訪者はなく、接触は電波だけらしい。そしてモロトフは何かを誤解しているようだ。

「具体的な技術面については、小職も了解してはおりません。事務方からの報告を受ける立場なので」

「なるほど」

意外にもモロトフは、それ以上はこの点を確認しようとしなかった。東郷では必要な情報は得られないと考えたのだろう。

「オリオン集団と五つの謎の関係は正直、我々も正確に理解しているとは言い難い。彼らとはロシア語こそ通じはするが、話はさっぱり通じぬ。まぁ、そんなのは外交の世界では珍しくはない、それは貴殿も承知していると思うが。

ただ我々の理解では、オリオン集団の一部門が五つの謎であるようだ。しかし、貴殿の様子では日本には五つの謎からの接触はないのだな？」

「日本への接触はオリオン集団と聞いております。ただ彼らにはさらに上位の機関があり、オリオン集団も五つの謎も、その傘下にある同格の組織かもしれません。外務省で国や地域で担当部署が違うように」

「担当部署の違いか……あり得ることだな」

そしてモロトフは、壁に掲げられた大きな世界地図の前に立つ。ソ連を中心とした世界地図だ。そこには色違いのピンが刺されていた。

ピンは、独ソに分割占領されたポーランドからバルカン半島の周辺にだけ刺されている。それが軍隊の配置であるのは、老練な外交官である東郷にはすぐにわかった。

ポーランドからバルカン半島以外にはピンはない。日本の外交官に極東ソ連軍の配置を見せるほど、モロトフは迂闊でも親切でもないわけだ。

「我が国の最大の懸念は、ドイツによるソ連への軍事侵攻だ。ドイツ国内にも冒険主義的侵攻を阻止しようという勢力もいるが、状況はわからぬ。

貴殿も外交官であるからには理解してもらえると思うが、ここで五つの謎あるいはオリオン集団に紛争解決の仲介を依頼するのは危険すぎる」

「それは同意見です」

対立勢力の中で、仲介者が漁夫の利を得るなどというのは、人類の歴史の中で枚挙にいとまがない。オリオン集団がいつから地球に興味を持っているのかは不明だが、世界大戦になりかねない国際環境の中で接触を持ってきたのは偶然ではあるまい。

「五つの謎について知っているのは、共産党でもごく一部だ。ベリアでさえ、知らされていない」

モロトフの言葉に、さすがの東郷も驚きを隠せなかった。彼の言うベリアとはラヴレンチー・パーヴロヴィチ・ベリアであり、粛清の実行機関である内務人民委員の長官だ。モロトフといえども油断できない相手だ。

「これ以上の戦線拡大を阻止し、戦争状態を早急に終わらせる。それが列強が強調して為すべき最優先事項だろう。違うかね？」

「内の争いを収め、外の敵に対峙する、そういうことですか？　反対する理由は我が国にはありませんが、貴国もそれは同じと信じて良いのですか？」

東郷の言葉に、モロトフは狡猾《こうかつ》な笑みを浮かべる。東郷の言葉の意味を瞬時に理解できる切れ者だけに、彼は剣呑なのだ。

「日本と中国の現在の戦闘状態収束に向けて、仲介をとる用意が我が国にはある」

仲介者が危険であるという話の舌の根も乾かぬうちに、モロトフはそう提案してきた。東郷としては悪い話ではない。そもそも日ソ間の平和協定が進まない理由の一つが、日華事変の仲介にソ連が消極的なことだったのだ。

「その中で日ソ間で平和条約が結ばれるなら、貴国は二正面作戦の脅威を感じることがなく、同時にドイツは日本へのそうした期待を持てなくなる。独ソ戦のハードルは上がる、そういうことですか」

「貴殿のような人物とは話が早くて助かる。

ただ、我々としては一歩進んだ対策も選択肢に含めてもよいと考えている。世界が戦争の脅威に慄《おのの》いているのは、たった一人の男のせいだ。ならば根本原因を排除することは、十分検討に値しよう」

東郷は、モロトフが人払いをした理由がわかった。スターリンがどこまで関わっているかは不明だが、この男はヒトラー暗殺を仄めかしているのだ。

「まず早急に必要なのは、この問題を議論するための国際会議を開くことだと思う。我々には、その用意がある」

東郷は秋津が国際的な天文学の会議でソ連にやって来たと聞いていた。その時は戦時下での国際会議に疑問を抱いていた。しかし、その背後にモロトフがいるとは思わなかった。どうやらソ連はこの問題に真剣に向き合っているらしい。

「我々は戦後社会を考えねばならないだろう。戦争が終わっても覇権主義は残る。しかし、貴殿に知って欲しいのは、戦後社会は我がソ連邦中心に動くということだ。五つの謎との交流が本格化すれば、否応なくそうなる」

「それはどういうことです。オリオン集団はソ連にだけ接触しているわけではないでしょう？」

モロトフはそこで自信ありげに言う。

「オリオン集団なり五つの謎は、宇宙に進出している。それは長い技術文明が続いていることを意味する。

そのような技術文明は、戦争を経験するならば実現しない。高度技術文明の戦争は、文明そのものを滅ぼす。第一次世界大戦の幼稚な兵器でも、世界が荒廃したことは記憶に新しい。

つまり宇宙に進出した高度技術文明は戦争を知らぬ。そして戦争とは資本主義社会の矛盾から生じるものだ。

したがって宇宙の高度技術文明であるオリオン集団は、共産主義社会に他ならない。戦後地球社会の権力の重心はどこにあるのか？　我がソビエト連邦以外に考えられるかね？」

高々と笑うモロトフを前に、東郷はどんな表情を見せるべきかわからなかった。

本書は、書き下ろし作品です。

〈日本SF大賞受賞〉

# 星系出雲の兵站（全4巻）

林 譲治

人類の播種船により植民された五星系文明。辺境の壱岐星系で人類外らしき衛星が発見された。非常事態に乗じ出雲星系のコンソーシアム艦隊は参謀本部の水神魁吾、軍務局の火伏礼二両大佐の壱岐派遣を決定、内政介入を企図する。壱岐政府筆頭執政官のタオ迫水はそれに対抗し、主権確保に奔走する。双方の政治的・軍事的思惑が入り乱れるなか、衛星の正体が判明する――新ミリタリーSFシリーズ開幕

新・航空宇宙軍史

# コロンビア・ゼロ

谷　甲州

〔日本SF大賞受賞作〕外惑星連合が航空宇宙軍に降伏した第一次外惑星動乱から四十年。タイタン、ガニメデ、木星大気圏など太陽系各地では、新たなる戦乱の予兆が胎動していた――。第二次外惑星動乱の開戦までを描く全七篇を収録した、宇宙ハードSFシリーズの金字塔、二十二年ぶりの最新作。解説／吉田隆一

ハヤカワ文庫

# 疾走！千マイル急行（上・下）

小川一水

名門中等院に通うテオは、文明国エイヴァリーの粋を集めた寝台列車・千マイル急行で旅に出た。父親と「本物の友達を作る」約束を交わして――だが途中、ルテニア軍の襲撃を受ける。装甲列車の活躍により危機を脱するも、祖国はすでに占領されていた。テオたちは救援を求め東大陸の采陽《サイヨー》を目指す決意をするが、苦難の旅程は始まったばかりだった。小川一水の描く「陸」の名作。　**解説／鈴木力**

# 象《かたど》られた力

飛 浩隆

謎の消失を遂げた惑星〝百合洋〟。イコノグラファーのクドウ圓《ヒトミ》はその言語体系に秘められた〝見えない図形〟の解明を依頼される。だがそれは、世界認識を介した恐るべき災厄の先触れにすぎなかった……異星社会を舞台に〝かたち〟と〝ちから〟の相克を描いた表題作、双子の天才ピアニストをめぐる生と死の二重奏の物語「デュオ」など全四篇の傑作集。第二十六回日本SF大賞受賞作

ハヤカワ文庫

著者略歴　1962年生，作家　著書『ウロボロスの波動』『ストリンガーの沈黙』『ファントマは哭く』『記憶汚染』『進化の設計者』『星系出雲の兵站』『大日本帝国の銀河１』（以上早川書房刊）他多数

HM=Hayakawa Mystery
SF=Science Fiction
JA=Japanese Author
NV=Novel
NF=Nonfiction
FT=Fantasy

## 大日本帝国《だいにほんていこく》の銀河《ぎんが》2

〈JA1480〉

二〇二一年四月二十日　印刷
二〇二一年四月二十五日　発行
（定価はカバーに表示してあります）

著　者　林《はやし》　譲《じょう》　治《じ》
発行者　早　川　浩
印刷者　西　村　文　孝
発行所　株式会社　早　川　書　房

郵便番号　一〇一 - 〇〇四六
東京都千代田区神田多町二ノ二
電話　〇三 - 三二五二 - 三一一一
振替　〇〇一六〇 - 三 - 四七七九九
https://www.hayakawa-online.co.jp

乱丁・落丁本は小社制作部宛お送り下さい。送料小社負担にてお取りかえいたします。

印刷・精文堂印刷株式会社　製本・株式会社フォーネット社

ISBN978-4-15-031480-4 C0193



本書は活字が大きく読みやすい〈トールサイズ〉です。